紅蓮の剣姫
—フレイムソード・プリンセス—
虹ヶ咲学園
スクールアイドル同好会
ラブライブ! School idol project

STORY

風と専攻の多様さで人気の高校「虹ヶ咲学園」。
分の夢を追いかけながらNo.1スクールアイドルを目指し、
日々活動している。

木せつ菜

生。元気いっぱいの
ォーマンスが持ち味。
メやラノベが大好き。

エマ・ヴェルデ

3年生。スクールアイドルに
憧れてスイスからやってきた、
おっとりマイペースな女の子。

三船

1年生。品行方
性格だが、みん
行動できる女の

歩夢

努力家で
性格。侑と
じみ。

高咲 侑

2年生。スクールア
イドルが大好きなみ
んなのサポート役。

中須かすみ

1年生。いたずら好
きだが憎めない、同
好会の部長。

虹ヶ咲学園 スクールアイドル同好会
ラブライブ! School idol project

東京・お台場にある、自由な
この同好会では、1人1人が
時にライバル、時に仲間とし

時は現代。
人々の心を狙い暗躍する〝闇の存在〟と
戦い続ける1人の少女がいた。

日頃は平凡な女子高生として暮らし、
ひと度、平和を脅かす〝闇〟の魔の手が伸びる時は、
聖なる炎の力でこれを焼き払う。

炎を纏った剣を携え、戦場を駆ける緋色の髪。
その姿をいつしか人はこう呼んだ。

――『紅蓮の剣姫』と。

ミア・テイラー
3年生。14歳ながら飛
び級で編入したNYC
からの留学生。
天王寺璃奈
1年生。感情を顔に出すの
が苦手で、"璃奈ちゃんボ
ード"で気持ちを伝える。
宮下 愛
2年生。運動神経抜群で、
様々な部の助っ人もし
ている。ダジャレが好き。
桜坂しずく
1年生。演劇部と兼
部をしている、落ち
着いたしっかり者。

小説版
ラブライブ！虹ヶ咲学園
スクールアイドル同好会
紅蓮の剣姫
—フレイムソード・プリンセス—
原作 矢立肇　原案 公野櫻子
著 五十嵐雄策
イラスト 火照ちげ
本文イラスト 相模

プロローグ

『紅蓮の剣姫①』

暗闇の中に、赤い閃光が一筋奔った。

否、赤ではなく——紅。

目の覚めるような紅色の光が、まるで夜の帳を切り裂いていくかのように、幾筋もの鮮烈な軌跡を描いていく。

「もう逃げられませんよ」

声が響いた。

決して大きいわけではないけれど、凛として、鈴のようによく通る声。

「ここはあなたたちのいるべき世界ではありません。紅い炎に浄化されて、大人しく元の世界に還りなさい」

少女だった。

歳の頃は十代くらい。

制服を着ていることからおそらく学生だろうということがうかがわれる。

だけどその瞳の奥に秘められた強く紅い光は、少女を年齢以上に大人びて見せていた。

「GRRRRRR……」

暗闇から返ってきたのは、獣のような、何かの排気音のような、地の底から響くような低いうなり声。

その姿は、たとえるべきものが存在しなかった。

あえて言うのならば、顔のない無機質な猿……というのが最も近い表現だろうか。

「〝レーテ〟……」

小さくつぶやかれたその名が、目の前の異形を指しているだろうことは明白だった。

そして少女の様相も、また普通ではなかった。

服装こそは普通の学生。

だけど夜の暗闇の中にあってまるで燃えるように紅い髪、宝石のような紅い目、強い意思がそこに咲いたかのような白い花の髪飾り、そしてその手に握られた身の丈に合わない紅い真剣のようなもの。

それら以外の要素が極めて普通であるがゆえに、その鮮烈なまでの紅が少女の異質さを際立たせていた。

「……いきます」

静かな響きとともに少女が地面を蹴った。

刹那、異形も弾かれたように動き出す。

金属同士がぶつかり合うような鈍い激突音。

暗闇の中、舞い散る紅い火花が、まるで彼岸花のように辺りを照らす。

どれほどの間それが繰り返されただろう。

やがてその紅い剣戟は、あっけなく終わりを迎えた。


「――『紅蓮一閃』……！」


空気を切り裂くような声とともに振るわれた、少女の刀の一撃。

紅色の炎を刀身に螺旋状に纏ったそれは、防ごうとした異形の両手を容易く寸断し、そのまま異形の本体をも真っ二つにした。

「GAAAAAAAAAAAAAAAAAAAAAAAAAAAAAAAAAAAAAAAAAAAAAAAAAAAAAAAAAAAAAAAAAAAAAAAAAAAAAAAAAAAAAAAAAAAAAAAAAAAAAAAAAAAAAAAAAAAAAAA……！」

二つに分かたれてなお上がる腹の底まで響くような悲鳴。

だけどそれも最後の足掻きでしかなかった。

斬られた先から燃え移った炎は、そのまま広がり、異形の全てを覆い尽くしていく。

やがてその全身を紅い炎に包まれて……異形は断末魔の声とともに燃え尽きた。

まるで最初から、そこには何も存在しなかったかのように。

「……終わりましたね」

小さく息を吐きながら少女がつぶやく。

その姿は、黒い髪に、少しだけ灰色がかった瞳と、普通の人間のそれと変わらぬものになっていた。

「明日も早いですし、帰りましょう。……ん？」

その時だった。

ジャリ……

少女の背後で物音が小さく響いた。

「？」

ネコか何かだろうかと少女が振り返ると、その先にあったのは……

「……ひっ……」

その場に力なくへたり込む……彼女と同じ制服を着た少女の姿だった。

第一話『ときめきと大好きと』

1

「はい、カットー！」

弾むような声が、青空の下に響き渡った。

海と人工物とが入り混じったお台場の独特の風景を背にして、屋上の中央で肩を上下させる女子生徒に向かって、ツインテールが印象的な女子生徒——高咲侑がビデオカメラを片手に勢いよく駆け寄っていく。

「すごくよかったよ、せつ菜ちゃん！」

「ほ、本当ですか！」

「うん、凛としててかっこよくて、ビデオカメラ越しでも目が離せなかった！　ときめいちゃった！」

「あ——ありがとうございます、侑さん！」

せつ菜と呼ばれた女子生徒が、満面の笑みで答える。

小柄な見た目にもかかわらず、身体中から元気があふれ出ているかのようなはつらつとした表情が印象的だった。

「ね、みんなもそう思ったよね！」

侑の呼びかけに、周りにいた生徒たちも集まってくる。

「はい。本当にそこに紅姫がいるみたいでした。すばらしい演技です、せつ菜さん！」

「むむむ……悔しいけどせつ菜先輩、かっこいい……。しお子もそう思わない？」

「ええ、思わず引きこまれてしまいました」

「すごかった。璃奈ちゃんボード『ドキドキ』」

桜坂しずく、中須かすみ、三船栞子、天王寺璃奈。

「さすがね。まだ撮影を始めたばかりなのにもうすっかり板に付いてきているじゃない、せつ菜」

「うん、すごくエモエモだったよ、せつ菜ちゃん」

「凛々しくて、彼方ちゃん、すやぴするのも忘れちゃった～」

「まあ、悪くなかったんじゃない？」

朝香果林、エマ・ヴェルデ、近江彼方、ミア・テイラー。

「せっつー、すっごい負けん気の強い演技だったよね！　剣姫だけに！　あははは！」

「本格的なお芝居は初めてなのに、こんなにできるなんて。せつ菜ちゃん、すごいなぁ……」

「きゃあっ、素敵だったわ！　早くランジュもやってみたい！」

宮下愛、上原歩夢、鐘嵐珠。

学年も、在籍している学科も違う、一見するとバラバラな集まり。

だけどそこにはとある共通点があった。


――『虹ヶ咲学園スクールアイドル同好会』

虹ヶ咲学園内で、スクールアイドルとして、ライブをはじめとした様々な活動を行う同好会。

部員は全部で十三人で、一年生から三年生までもれなくそろっている。

スクールアイドルとしては珍しく、それぞれが皆ソロアイドルとして活動していることが特徴的だ。

個性的で色とりどりな彼女たちは、皆、そのメンバーなのだった。

「ありがとうございますっ！　これもみなさんが色々とサポートをしてくれているおかげです！　ですが、次はみなさんの番ですからね！」

「うう、そうなんだよね～」

せつ菜の言葉に、彼方が眉をハの字にする。

「彼方ちゃんたちも、せつ菜ちゃんみたいにうまくできるかな～……？」

「演技なんてちゃんとやったことあるの、しず子くらいだよね？」

「うん。でも私も映画はあまり経験がないから……」

話し合っているのは、ライブや次のイベントの話題ではなかった。

そういった、いわゆる通常の同好会の活動についてではなくて……

「一ヶ月後……なんですよね、〝文化交流会〟」

しずくがせつ菜の顔を見て言う。

「はい、そうなります。来月の最初の週ですから……」

「意外と……時間がないわよね」

果林の言葉に皆が口をつぐむ。

一ヶ月後に開催されるという、港区近隣の学生たちが主体となってお台場で行われる〝文化交流会〟。

そこで行われるイベントの一つに同好会が出ることになったため、メンバー全員でそれについての話し合いをしているのだった。

「でもあの時はびっくりしちゃったよ。せつ菜ちゃんが大きな声で急に部室に駆けこんできたから」

少しだけ停滞した空気を動かすように、歩夢が小さく笑いながら言った。

「す、すみません。あの時はつい興奮してしまって……」

「ううん、大好きな作品なんだもんね。うれしくなっちゃったせつ菜ちゃんの気持ちはわかるよ」

「そう言っていただけると助かります……」

恥ずかしそうに小さくなるせつ菜。

そもそもの発端。

それは何日か前の放課後のこと——

「——た、大変です、みなさん！」

ガラリ！

そんな大きな音とともに同好会部室の扉が開かれて、向こうからせつ菜が転がるように飛びこんできた。

よほど慌てているのか、いつもの部室にやって来る時の〝優木せつ菜〟としての姿ではなく、生徒会長である〝中川菜々〟の姿だ。

そのただならない様子に、練習の準備をしていたかすみたち他のメンバー全員がざわめきたった。

「ど、どうしたんですか、せつ菜先輩？」

「そ、そんなに息を切らして、だいじょうぶ？　アップルティー飲む？」

「お、落ち着いて〜」

駆け寄るかすみとエマと彼方に、せつ菜は息も絶え絶えに言った。

「ぐ、紅蓮の炎が……ほとばしる真っ赤な炎が、異世界から私たちを包みこもうと今まさに迫ってきているんです……！」

「え、か、火事ですか⁉」

かすみが慌てたように声を上げる。

「た、大変です！　だったら早く通報しないと……！　え、ええと、110番……あ、あれ、しず子、火事の時って何番だっけ……⁉」

「1、117番だよ、かすみさん！」

「それも違う。119番」

慌てふためくかすみとしずくに、冷静に突っ込みを入れる璃奈。

「ですが火事というのが事実なら大変な事態です……！　他の生徒たちの避難も含めて、すぐに対処をしなくては！」

栞子がスマホを片手に部室を出ようとする。

それを見たせつ菜が焦ったように首を横に振った。

「あ、ま、待ってください！　これは違うんです！」

「え……？」

「その、火事ではなくて……」

「……？」

顔をうつむかせながらせつ菜が口を開きはじめる。

――三分後。

「――ええと、『紅蓮の剣姫』……ですか？」

「は、はい……」

気まずそうに声を落として、せつ菜が小さくうなずいた。

「それについてみなさんにお話をしようと部室に来たのですが、早く伝えたいという思いが先走ってつい口から出てしまって……。すみません！　栞子さん、みなさん、お騒がせしてしまいました……っ……！」

「いえ、本当の火事じゃなくてよかったです」

「璃奈ちゃんボード『ホッ』」

「ま、まあ、かすみんはわかってましたけどね？」

「あんなに慌ててたのによく言うよ、子犬ちゃん……」

「ミ、ミア子は黙ってて！」

そんなやり取りとともに、部室の中にいつもの和やかな柔らかい空気が戻ってくる。

とはいっても疑問が全て解決したわけではなくて……

「それでせつ菜ちゃん、その『紅蓮の剣姫』だけど……」

「あ、はいっ！」

侑の言葉にせつ菜が勢いよくうなずいた。

「それを私たち『スクールアイドル同好会』で映画にするって……本当なの？」

一ヶ月後に行われるお台場の文化交流会で、同好会による『紅蓮の剣姫』のミニフィルムを公開する。

それがせつ菜の話した内容だった。

「は、はい……」

「そういうのって、本来だったら映像研究部とか演劇部とかに依頼される案件じゃないかしら？　そうよね、しずくちゃん」

「あ、はい。そういうお話がきたら部としては受けると思いますが……」

「でも今回はランジュたちがやることになったのよね？　どうして？」

「それは……」

せつ菜が何かを言いかけて。

「『紅蓮の剣姫』。電撃文庫から発売されているライトノベル」

「！」

「現在Ⅶ巻まで刊行されていて、王道で骨太な作風が年齢層を問わず人気。もうすぐテレビアニメも始まる」

「そ――そうなんですっ！」

璃奈(りな)の解説に、せつ菜(な)が声を上げた。

「『紅蓮の剣姫』は今から三年前に第Ⅰ巻が発売された大人気ライトノベルで発売されるやいなやネットの口コミから広がってあっという間に火がつきました！　文字通り燃えるような王道の展開でありながら萌(も)えも泣きも兼ね備えていてさらには考察をうながすようなギミックも満載というまさに完全無欠という言葉がふさわしい名作でコミカライズや各種のメディア展開はもちろん来期から始まるアニメは今から覇権だと前評判も上々です！　特に私が期待しているのはⅢ巻のクライマックスで主人公の紅姫(アカヒメ)が一度敵に敗れた後に再起するシーンがどう再現されるのかで――」

「……あー、ええと、よくわかったわ、せつ菜(な)」

「せつ菜(な)ちゃん、大好きなんだね～」

「あはは、すごく伝わってきました……」

目をキラキラと輝かせながらヒートアップするせつ菜(な)に、果林(かりん)が苦笑気味に、彼方(かなた)としずくが笑顔でそう声をかける。

「ええと、つまりせつ菜先輩の推しの作品ってことですよね？」

「あ、は、はい」

かすみの言葉にうなずくせつ菜。

「もちろん映像研究部や演劇部に合った案件ではあるのですが、生徒会経由でお話を持ってきてくださった副会長もそのことを知っていて……」

『せつ菜ちゃんが〝紅蓮の剣姫〟を大好きなことはせつ菜ファンの間ではもう周知の事実です！　だから真っ先にせつ菜ちゃんと〝スクールアイドル同好会〟を推しておきました！　せつ菜ちゃんラブ！』

「……とのことでした」

「あはは、あの副会長さんならそう言いそうだよね」

「ふふ、愛されてるんだねー、せつ菜ちゃん」

愛とエマが楽しげに顔を見合わせる。

だけどせつ菜は少しだけ声を落として、

「あ、あの、やっぱり、ダメでしょうか……？」

「え？」

「大好きな『紅蓮の剣姫』ですし、私個人としてはとてもやりたいのですが……みなさんスクールアイドルとしての活動もありますし、とてもそんな余裕なんてありませんよね……」

顔をうつむかせながらそう言う。

一瞬の静寂。

だけどすぐに。

「そんなわけないじゃないですか」

「え？」

「せつ菜先輩のやりたいことなら、かすみんたちは協力したいです！」

「ええ、私としては反対する理由なんてありません」

「映画を一から作るのって、興味あります」

「璃奈ちゃんボード『キラキラ』」

「せつ菜ちゃんの〝大好き〟なキモチを、私たちみんなで精いっぱい届けようよ！」

口々にそう声を上げる、かすみ、栞子、しずく、璃奈、侑。

「で、ですが、みなさんにも迷惑をかけてしまうかもしれませんし、私のワガママでそんな……」

「えー、楽しそうじゃん。愛さんはやってみたい！」

「私も賛成だよ。やろうよ、せつ菜ちゃん」

「ランジュの演技、みんなも見てみたいでしょう？」

「いいんじゃない？　面白そうだし」

「彼方ちゃんはいつだってせつ菜ちゃんの味方なんだぜ～」

「わたしもせつ菜ちゃんの力になりたいな。ね、果林ちゃん」

「……私だって、別に反対しているわけじゃないわ。せつ菜の負担にならないか、気になっただけよ」

愛、歩夢、ランジュ、ミア、彼方、エマ、果林も、せつ菜をやさしく取り囲みながらそう続く。

「みなさん……」

かけられた温かい言葉に目をぱちぱちと瞬かせるせつ菜。

だけどすぐにぱあっと表情を輝かせて。

「あ――ありがとうございます！　わかりました、みなさんにそう言っていただけた以上、全力で取り組もうと思います！　やるからには最高のものを作りましょう！」

「「「おー!!」」」

部室内に、十三人の声が高らかに響き渡ったのだった。

2

そこからの話は早かった。

その日のうちにすぐに生徒会に返事をして、『スクールアイドル同好会』でこの件を受ける旨を伝えた。

カメラをはじめとした撮影機材などは璃奈が持っていたものや、映像研究部から借り受けるものを使うことに決まった。

衣装や雑貨などは服飾同好会から、小道具などは演劇部から。

その他の細かい必要とされるものなどを含めて、栞子がリーダーシップをとってあっという間に手配を完了してくれた。

「栞子ちゃん、すごいね！　助かっちゃったよ！」

「いえ、そんなことは。私はただ自分の適性に従ってやれることをやっただけです」

侑の賞賛に栞子本人は恐縮したようにそう口にしていたものの、彼女の力が大きかったのは確かだった。

結果、『紅蓮の剣姫』のミニフィルムを作成することを決めてからほとんど日を置かずに、撮影を開始できる体制が整ったのだった。

「それじゃあまだ時間もあるし、学園のシーンをもう少し撮っちゃおうか？」

みんなの顔を見渡して、侑が言った。

「そうですね。紅姫が前日に〝レーテ〟と戦っている姿を見られた相手――萌黄と廊下で再会するシーンと、教室の中でクラスメイトたちと会話をするシーンは、今日中に撮ってしまいたいかもです」

しずくが手に持った台本に目を落としてそう口にする。

話し合った結果、脚本及び監督は、演劇部であり経験のあるしずくが担当することになっていた。

「おっけー、しず子！　じゃあじゃあ、衣装は萌黄たちが通ってる学園の制服だよね？　どうですか侑先輩、この制服かわいくないですか？」

「うん、すっごくかわいいと思うよ、かすみちゃん」

「ですよねー？　たくさんある制服の衣装の中から、かすみんが一番かわいいのを選んだんですよ！　えへ♪」

指を自分の両頬に当てながらかすみが元気に笑う。

ちなみに衣装選びはかわいいものが大好きなかすみが担当、カメラ及び細かい演出などは侑(ゆう)が担当だった。

他のメンバーたちも、それぞれ自分たちの得意分野を分担しつつ、同時に侑(ゆう)以外は皆、登場人物として映画内に出演することになっている。

文字通り、『スクールアイドル同好会』十三人全員で取り組む一大イベントとなっているのだった。

「ええと、まずは廊下での最初のシーンから。せつ菜(な)ちゃんとかすみちゃんと彼方(かなた)さん、お願いしていいかな？」

「はいっ、お任せください！」

「かすみんはいつでも準備オッケーです！」

「彼方(かなた)ちゃんはひとまず教室で待機してればいいんだよね～？」

三者三様の返事。

そうして、撮影の続きが始まった。

『紅蓮の剣姫』は、いわゆる異能バトルものだ。

物語の中心となる紅姫(アカヒメ)はこの世界とは異なる世界からやって来た異邦人であって、同じく異世界からの望まれない来訪者である〝レーテ〟と呼ばれる人を喰(く)う怪物を倒すことを目的としている。

普段は普通の高校生として暮らしているが、〝レーテ〟討伐時には紅(あか)い髪となり炎を操ることから、その姿にちなんで『紅蓮の剣姫』と呼ばれているのだった。

『あなたは……昨日の』

紅姫(アカヒメ)役のせつ菜(な)が、かすみ演じる萌黄(モエギ)にそう声をかける。

『え？　あ……路地裏で火遊びしてた人じゃないですか！』

『火遊び……？　あ——あれは違います！　〝レーテ〟を討滅していて——』

『れーて？』

『あ、い、いえ、それは……』

『絶対火遊びですって。真っ赤な火が見えましたもん。不良です！』

『わ、私は不良ではありません！　むしろその逆です！』

『えー、ほんとですかぁ？　どう思います、紫陽(シヨウ)先輩？』

かすみが教室の中にいる紫陽(シヨウ)先輩——彼方(かなた)に呼びかける。

「……」

『紫陽(シヨウ)先輩？』

「……」

「ん？　彼方先輩、出番ですよ？」

返事がなかったためかすみが教室をのぞきこんでみたところ。

「……すー……すー……すやぁ……」

「ちょっと彼方先輩、なんで寝てるんですかぁ！」

愛用のストライプ柄の枕に埋もれるようにして気持ちよさそうな寝息を立てていた彼方に、かすみが声を上げる。

「起きてください！　彼方先輩の出番ですよぉ」

「まあまあ、かすみちゃん。彼方ちゃん、おねむなんだよ。ちょっとだけ寝かせてあげよう？ね？」

「エマ先輩……もー、甘いんですから」

「ふふ、じゃあ他のシーンを先に撮っちゃおうか？」

「そうですね。教室の日常シーンなら、彼方さんがこのままでも撮れると思います」

侑の言葉にしずくがうなずく。

「しょうがないですねー。彼方先輩は置いておいて続けましょう」

「そう言いながら上着をかけてあげるのね、かすみちゃん」

「果林先輩！　こ、これは彼方先輩が風邪でも引いたら部長として困るから……」

「はいはい」

「いいこいいこ、かすみさん」

「も、もう、しず子までー！」

かすみが頬をふくらませながら声を上げる。

そんな具合に、温かな笑い声に包まれる中、撮影は進められていくのだった。


「——うん、今日はこれくらいかな。みんなお疲れさまでした」

その日のノルマである一通りのシーンを撮り終わり、部室に戻った侑が言った。

「明日からは学園以外のシーンも撮っていこうと思ってて。屋外での撮影になるんだけど、だいじょうぶかな？　まずはランジュちゃんと栞子ちゃんとミアちゃんなんだけど……」

「無問題ラ。学園の外で撮影するの、ワクワクするわ！」

「ええ、大丈夫です」

「ボクたちに任せなよ、ベイビーちゃん」

快い返事。

それに笑顔でうなずき返しながら、侑はスマホで明日のスケジュールを確認する。

「それでは私たちはお先に失礼しますね」

「明日もよろしくお願いします、侑先輩♪」

「またね、侑さん」

「あ、うん、また明日ね、しずくちゃん、かすみちゃん、璃奈ちゃん」

仲良く並んで部室を出ていく一年生たちに手を振って。

「ゆうゆ、お先ー!」

「遥ちゃんが待っているので、彼方ちゃん、帰りま~す」

「お疲れさまだよ、侑ちゃん」

「侑もあまり遅くまで残っていないで早く帰りなさいよ。やることがあるのはわかるけれど、目を離すといつまでも作業をしているんだから」

「あはは、気をつけます……」

気遣いの言葉をかけてくれる果林たちに苦笑しながら答える。

「ごめんね、侑ちゃん。本当は侑ちゃんを手伝いたいんだけど、今日はお母さんに夕飯の買い物を頼まれてるから早く帰らないといけなくて……」

「だいじょうぶだよ。歩夢も気をつけてね」

「う、うん、また明日ね」

さらには何度もちらちらと振り返りながら帰っていった歩夢を見送った。

「さ、こっちもさくっと作業を終わらせちゃわないと」

ジャージの袖をまくりながら気合いを入れる。

手際よくやらないと、果林の言う通りいつまでも居残りをすることになってしまう。

効率良い手順を考えながら作業に取りかかろうとして……ふと、部室の隅でまだ残っているメンバーの姿が目に入った。

「あれ、せつ菜ちゃん？　帰らないの？」

「あ、侑さん。はい、まだ紅姫の人物像をつかみきれていない気がするので、もう少しだけ確認していこうかと思いまして」

「そうなんだ。せつ菜ちゃんの今日の演技、すごくよかったと思うんだけどな」

「いえ、私なんてまだまだです！　紅姫をちゃんと表現するためには、もっともっと研鑽しなければ……！」

　ぐっと手を握りしめながらそう言ってくる。

真っ直ぐで妥協のないその姿勢を見ると、本当に真面目なんだなあと思う。

　そんなせつ菜に、侑は言った。

「だったら私にもお手伝いさせて」

「え？」

「まだ片付けと作業が少し残ってるから。部室のお掃除をしながら、せつ菜ちゃんの練習を聞いててもいいかな？」

「侑さん……」

にっこりと笑う侑。

それを見たせつ菜はうれしそうに大きくうなずいて。

「ありがとうございます！　では紅姫が学園で初めて〝レーテ〟と戦うこちらのシーンを確認したいんですが、お願いできますか？」

「うん、任せて！」

せつ菜の言葉に、侑は力強く答えたのだった。

3

虹ヶ咲学園は、東京のお台場にある高校だ。

進路に合わせて様々な学科やコースが用意されていることで有名な私立高校で、総生徒数は他の学校に比べてかなり多い。

それだけの大人数に見合うべく、敷地はちょっとしたイベント会場ほど広くなっている。

また生徒の自主性を重んじる教育方針や、部活動や課外活動が各方面で高い評価を受けていることから、都内だけでなく全国でも有数の人気を誇っていて、各地から様々な個性を持った生徒たちが集まってくることで有名だった。

「ふう、すっかり暗くなっちゃったね」

「そうですね。下校時刻ギリギリでした」

練習と後片付けを終えた侑(ゆう)とせつ菜(な)が学園の校舎を出る頃には、辺りはすっかり暗くなってしまっていた。

学園から『虹ヶ咲学園前駅(にじがさきがくえんまええき)』へと続くプロムナードは、等間隔に配置された街灯に照らし出されてボンヤリと淡く浮かび上がっている。

時間が遅いせいもあり、二人の他に生徒の姿はほとんど見られない。

立ち並ぶ建物の合間からは、護岸に打ち寄せる波の音がわずかに聞こえてきては、通り過ぎるゆりかもめの音にかき消されていった。

「今日は本当にありがとうございました、侑(ゆう)さん。こんな時間まで付き合ってもらって……」

「ううん、せつ菜(な)ちゃんこそ遅くまでお疲れさま」

「いえ、大好きな紅姫(アカヒメ)をこの世界に再現するためなので、私はぜんぜん元気です！」

笑顔でぐっと腕を上げるせつ菜(な)。

それは輝くようにまぶしくて、周りにいる他の人たちまで自然と元気にしてしまうような笑顔だった。

（せつ菜(な)ちゃんは変わらないなぁ……）

その全身からあふれるように感じられるエネルギーは、出会った頃からずっと侑(ゆう)を惹(ひ)きつけ続けている。

侑にとって、せつ菜は全ての始まりと言ってもいい存在だった。

今から半年以上前のある日。

いつものように幼なじみの歩夢と二人で何気なく過ごしていた放課後。

楽しくて穏やかで凪のような毎日だったけれど、変わることのない日常に少しだけ退屈を覚えていたそんな時に侑が出会ったのが……せつ菜だった。

ふとした偶然で、見てしまった彼女のスクールアイドルとしてのパフォーマンス。

衝撃だった。

ときめきの炎でヤケドをするかと思った。

こんなにキラキラして、熱くて、魅力的な人がいるんだって、それまでの価値観が全てひっくり返された気がした。

（ほんと、あの時は感動したなぁ……）

それが自分と同じ高校の生徒だとわかった時には、もういてもたってもいられなかった。

虹のように湧き上がるときめきに身を任せて奔走して、一度は廃部になってしまった『虹ヶ咲学園スクールアイドル同好会』の再始動に関わっていくことになるのだけれど……それはまた別のお話。

そんなせつ菜と、侑は今、肩を並べて歩いている。

あの時は憧れの存在だった。

でも今は、同じ道を歩く仲間だ。

「？　どうしたんですか、侑さん」

「え？　あ、ううん、何でもないよ。ちょっと昔のことを思い出して」

「？　そうですか。あ、そういえば『紅蓮の剣姫』のストーリー、侑さんから見てどうでしたか？」

「うん、まだ途中だけどすごく面白かった。続きがどうなるかすごく気になる」

「ですよね！　脚本に書かれているのは原作のⅡ巻までなんですけど、あそこからがさらに盛り上がるんです！　よかったら続きを貸しますのでぜひ読んでみてください！」

侑に向かって勢いよく身を乗り出しながら、本当にうれしそうな顔でそう言ってくるせつ菜。

侑の顔から思わず笑みがこぼれる。

「せつ菜ちゃん、本当に『紅蓮の剣姫』が大好きなんだね」

「はい、それはもう！　何回読み直したかわかりません！　だから今回こんな機会に恵まれたのが本当にうれしくて……！」

「ふふ、よかったね。せつ菜ちゃんの大好きを実現できるように私もがんばらないと」

せつ菜の笑顔を前に決意を新たにする。

せつ菜たちを応援することが、自分の役割だと侑は思っている。

彼女たちが、スクールアイドル同好会のメンバーたちが、ステージやその他の場所で輝く姿をできる限り全力でサポートする。

そのための努力なら、わずかたりとも惜しむつもりはなかった。

「……」

「せつ菜ちゃん？」

と、そこで隣のせつ菜が何かを考えこむように立ち止まっているのに気がついた。

「どうしたの？　何か忘れ物？」

「あ、いえ、そういうわけではないのですが……」

「？」

「その……」

少しだけためらうようにして、せつ菜は侑の顔を見た。

「本当に……私が主役でよかったのでしょうか？」

「え？」

「大好きな『紅蓮の剣姫』ということで、衝動のままについ手をあげてしまいました。ですが演技というのならやはりしずくさんが適任だったのではとか、そもそも演劇部にお任せをすればよかったのではないかとか、そういうことを考えてしまって……」

そう口にしてそのままわずかに顔をうつむかせる。

「もちろん同好会のみなさんが快く了承してくださったのはありがたいことであって、とても感謝しています。ですが大好きだから——大好きだからこそ、少しだけ思ってしまうんです。本当にこれがベストなのかって……」

「せつ菜ちゃん……」

せつ菜がそんなことを口にした理由が侑にはよくわかった。

大好きで思い入れがある作品だからこそ、引っかかってしまう些細な違和感。

責任感の強いせつ菜だから、自身が会長を務める生徒会からの要請だということも気にしているのかもしれない。

「あはは……何だか侑さんには、こんな風に迷っているところばかり見られてしまっているような気がします」

少しだけおかしそうに、せつ菜は笑った。

「覚えていますか？　以前に音楽室で侑さんとお話しした時のこと。あの時の私も、自分の存在意義に迷って、スクールアイドルを続けることを諦めてしまっていて……」

忘れるはずがない。

音楽室で、せつ菜と邂逅したあの日。

あの時はまだスクールアイドルというものの存在を知ったばかりで、そもそもせつ菜の正体が生徒会長の中川菜々だということも知らなかったけれど、それでも話したことはしっかりと侑の胸の内に刻まれている。

あの日に弾いた……たどたどしい『CHASE!』のメロディーとともに。

「すみません、困らせるようなことを言ってしまいましたね。気にしないでください。侑さんの前だと、少しだけ弱気な私が出てきてしまうみたいです」

どこか困ったような笑い顔。

それさえもあの時の表情に重なっているように侑には見えた。

だったら侑にできることは……

「――せつ菜ちゃん」

「はい、何でしょう？」

「――大好きっ！」

せつ菜の手を強くぎゅっと握りしめて、そう言った。

「え、えええええええええええええええええええええええええええええええええええええっ……！」

せつ菜が悲鳴に近い声を上げる。

「ちょ、と、突然何を言い出すんですか、侑さん……!?」

「だって今言いたくなっちゃったから！　私、すっごく好き！　一瞬も目が離せないっていうか離したくないっていうか、いつでもどこでもずっと近くで見ていたいって、本当に心からそう思うんだ」

「そ、そんな……そ、それは、私も、侑さんにそう言ってもらえるのは、う、うれしいですけど……」

もじもじと顔をうつむかせながら声を小さくするせつ菜。

「本当？　じゃあそうしててもいい？　せつ菜ちゃんの隣にいてもいい？」

「あ、は、はい。わ、私なんかでよければ……」

顔を赤くしながらせつ菜がそう口にする。

「よかった！　これからも一番近くで見てるね」

「せつ菜ちゃんの、紅姫を！」

「…………え？」

「私、せつ菜ちゃんの紅姫が大好き！　すっごくかっこよくてでもかわいいところもあって、せつ菜ちゃんにイメージぴったりで、もう最初に見た時からときめきっぱなし！　ずっと追いかけてたいって思ったんだ！」

「あ、そ、そうなんですね……」

どこか疲れたように息を吐きながら、せつ菜がそう口にした。

「？」

「あ、いえ、何でもないです。でも、どうして突然……？」

そんなことを……？　とせつ菜が問いかけてくる。

それに侑は、こう答えた。

「うん。せつ菜ちゃんは自分が主役でよかったのかなって言ってたけど、私はやっぱり紅姫はせつ菜ちゃんがやることになってよかったって思ってる。せつ菜ちゃんのことも、せつ菜ちゃんの紅姫のことも、大好きだって思ってるんだ。それは、絶対」

あの時も、今も、せつ菜のことが侑は大好きだった。

真面目で真っ直ぐでいつだって一生懸命で、でも時には子どもみたいな表情で大好きについて夢中で語る〝せつ菜ちゃん〟のことが。

むしろあの時よりも、今の方がその思いはより強くなっていると言ってもいい。

だから……

「せつ菜ちゃんは紅姫が大好きで、私はそんなせつ菜ちゃんの紅姫が大好き！　大好きと大好きがつながって、もっと大きな大好きになる。それだけじゃダメかな？」

「侑さん……」

「それに、せつ菜ちゃんはちょっとだけ紅姫に似てる気もするんだ」

「私が、ですか？」

意外そうな顔をしてせつ菜が首を傾ける。

「うん。ほら、紅姫っていつもは普通の高校生だけど、〝レーテ〟と戦う時には炎を操る異世界の能力者になるんだよね？　それって普段は真面目で物静かな生徒会長の〝中川菜々〟だけど、スクールアイドルとして活動してる時は〝優木せつ菜〟になって燃え上がるようなライブをするせつ菜ちゃんと、似てるなって」

「〝中川菜々〟と〝優木せつ菜〟に……」

「だから紅姫のこと、初めて会った気がしないんだよね。そういうところもせつ菜ちゃんがぴったりに感じた理由かも」

侑のその言葉に、せつ菜は少しだけ戸惑っているようだった。

何かを確かめるように、何度も言葉を反芻する。

だけどやがて顔を上げて。

「そう、ですね」

真っ直ぐに侑の目を見返しながら、そう口にした。

「私……難しく考えすぎていたのかもしれません。大好きなものだからこそ、自分では身の丈に合わないのではないかって、もっといい選択肢があるのではないかって、そう思い込んでいました」

　胸の前でぎゅっと手を握る。

「でもそうじゃない……〝大好きを叫ぶ〟、ただそれだけでいいんですよね。ありがとうございます！　私、あの時と同じようなことで悩んでしまっていました。侑さんはいつも私に大好きを叫ぶ道を示してくれます！」

「ううん、きっとせつ菜ちゃんの中に最初から答えはあったんだよ。私はただそれを後押ししただけ」

　せつ菜は頭のいい子だ。

　こうやって迷いはするものの、きっと侑の言葉がなくても、最終的には自分だけでも納得のいく結論にたどり着くことができていたはずだ。

　でもそれに至るまでの過程で、たとえ本当にちょっとしたものであっても、彼女の〝大好き〟の手助けになれたのなら、本当にうれしいと侑は思う。

「そうですよね。始まったのなら貫くのみ、ですものね……！」

　再びぎゅっと胸の前で手を握りしめながら、そうつぶやくせつ菜。

　まだ完全にいつも通りとは言えないものの、そんなせつ菜の表情からはどこか迷いが薄くなっているように見えて、それを見た侑は少しだけ安心することができた。

「……」

ただ……思う。

たとえ迷いはなくなったのだとしても、重責は残るんじゃないかって。

大好きを貫くことを決めたとはいっても、責任を伴う案件を引き受けることには変わりはないのだから。

(何か私にできることはないのかな……)

せつ菜の笑顔と、大好きを、応援したい。

真っ直ぐに前を向くせつ菜の横顔を目にしながら、侑はそう思ったのだった。

4

その夜。

ベッドの上でうつぶせになりながら、スマホを前にして、侑は考えこんでいた。

「うーん……」

やっぱり気になる。

もやもやと心に引っかかる。

気になっていたのは、もちろん今日の帰り際のことだ。

せつ菜のために、もう少し侑にできることはないだろうか。

何かほんのちょっとでいい。

きっとこれからも色々な場面で責任を感じるだろうせつ菜。

そんな彼女のために、その〝大好き〟を後押しすることができる何かが。

「うーん、でも難しいな……」

ごろりと寝返りを打つ。

真っ正面から何か助けを提案しようとしても、真面目なせつ菜はきっと遠慮してしまうだろう。

以前よりはだいぶ侑たちのことを頼ってくれるようになったとはいえ、せつ菜には割と物事を自分一人で解決しようとする傾向がある。

なのでもっとさりげないかたちで、何かサプライズ的にせつ菜を応援できるようなことがあれば……

仰向けになって、改めてスマホで色々と調べてみる。

その時だった。

「？　これって……」

何気なく開いていたページで、ふと目に入ったとあるアプリについての情報。

それを見て、侑はがばっと飛び起きた。

真剣な表情でそのページを隅から隅まで読みこんで、やがて大きくうなずく。

「──うんっ、これだ！」

バッチリだと思った。

これなら侑の思い描いていたせつ菜の手助けのかたちとして……ぴったりだ。

「さっそくみんなにも伝えないと！」

そう声を上げて、すぐにメンバーに向けてメッセージを送ったのだった。

間章

『紅蓮の剣姫②』

「どうして……？　アタシ、そんな人がいたこと、覚えてないわ……」

燃え尽きた〝レーテ〟の紅い残り火だけが立ち上る、だれも人のいなくなった神社で、金盞花が両手で顔を覆いながらそう声を震わせた。

「翠と白銀……そんな名前の友だち、アタシは知らない……」

「〝レーテ〟に喰われた者は……その存在がなかったことにされるんです」

うなだれる金盞花から目を逸らしながら、紅姫は言った。

「名前も、姿も、思い出も、全て世界から忘れ去られる。まるで最初からそこにはだれもいなかったかのように……」

「そんな……」

金盞花が力が抜けたようにその場に崩れ落ちる。

〝レーテ〟はこの世界とは異なる別の世界線からやってきた、特異な存在だ。

この世界にとって矛盾する、決してあってはならない存在であるがゆえに、それに喰われた者もまた世界から拒絶される。

拒絶というのは、ただ目の前から消えるだけじゃない。

その存在を……根本から否定される。

最初から何もかもなかったことにされる。

それが〝レーテ〟の最も恐ろしい特性だった。

「でもアタシ、覚えてるわ……！」

「……？」

「二人のことは覚えていない……でも交わした〝約束〟……いっしょに毎日を過ごして、笑い合って、ここで三人でまた夕日を見ようって誓った〝約束〟は覚えてるの……！」

地面をつかみながら金盞花が声を上げる。

それは今にも消えてしまいそうな頼りない記憶の残滓を、必死にすくい上げようとしているかのようだった。

「……例外があります」

「例外……？」

「忘れられた相手に対して強い気持ちや感情を抱いていた者には……ごくまれにその想いの欠片が残ることがあります。たとえば〝信頼〟、たとえば〝愛情〟、そして今のあなたのように
……」

そこで紅姫は一度言葉を止めた。

そして真(ま)っ直(す)ぐに金盞花(キンセンカ)の顔を見ると。

「たとえば……〝約束〟というかたちで」

「〝約束〟……?」

「そうです。深い想(おも)いや感情のもとで交わした〝約束〟は、決して忘れられることなく静かな灯となって、それだけが熾火(おきび)のように残ることがあります」

それは救いなのか、それとも残酷な置き土産なのか。

大切な相手の記憶が消えて、ただ〝約束〟のみが残るのは、ある意味では全て忘れてしまうよりも辛(つら)いことかもしれなかった。

「……」

放心したように座りこんだまま動かない金盞花(キンセンカ)。

そんな彼女を、紅姫(アカヒメ)はただ黙って見ていることしかできなかった。

(いつになっても、このことを告げた時の相手の方の顔には慣れませんね……)

(でも大丈夫。〝レーテ〟を全て討滅さえすれば、〝レーテの王〟を倒しさえすれば、世界の修正力で全ては元通りになるはずです)

(……)

（……だけどその代わりに……）

（……）

（……いえ、今は使命を果たすことだけを考えなければ）

第二話
『約束の行方』

1

ショウ・ランジュにとって、〝約束〟とはこの上なく大事なものであると同時に、とても頼りない糸のようなものだ。

これまでの人生で、何度、それを交わしてきたかわからない。

けれどその全ては、果たされることなくそのまま届かない空の向こうに溶けて消えていってしまった。

〝ランジュちゃんといっしょにいると楽しい〟

〝やっぱりランジュちゃんはすごい！　これからも仲良くしようね〟

〝ランジュちゃんにならずっとついていきたくなる〟

そんな言葉を、何度聞いただろう。

最初こそ皆いっしょになってついてきてくれるものの、時間が経つに従って、次第に空気が変わってくる。

変わらずに夢を追い続けるのはランジュだけで、だれもその速さと熱量にはついてこられない。

気がつけば……周りにはだれもいなかった。

いつだって、彼女だけが鳥籠の中に入れられて遠巻きにされているかのように一人だった。

約束という名の砂上の楼閣とともに、ただむなしさとさみしさが残るだけだった。

いつしか、ランジュは約束というものに諦めを抱いていたのかもしれない。

だけどそんなランジュが、新たに交わしたい約束がある。

気持ちを重ねたい相手が、信頼してわかり合いたいと願う仲間たちがいる。

あの時、夜の空港で交わされた言葉。

初めて自分を受け入れてくれた大事な場所。

その灯火だけは、いまだに消えることなくより強くランジュの中で輝き続けている。


「ねえ、これからひさしぶりに栞子(しおりこ)の家に行ってみたいわ！」

神社での『紅蓮の剣姫』の撮影を終えて。

そのまま現地解散となった後に、制服に着替えたランジュが、栞子(しおりこ)を見てそう言った。

「私の家、ですか？」

「ええ、そうよ！　そういえばまだこっちに戻ってきてから一度も行ってなかったと思って。

ここからなら近いし、いいでしょう？」

「今日は日舞の稽古もないですし、それは構わないですが……」

どうして急に……？　と少し不思議そうな表情で首を傾ける。

「だって学校帰りにお友だちの家に行くのにずっと憧れてたの！　すっごく楽しそうじゃない！」

「そういうものなのですか？」

「そういうものよ！　それにランジュが遊びに来るの、うれしいでしょ？　ねえ、せつ菜たちもどう？」

少し離れた場所で帰り支度をしていたせつ菜、侑、かすみ、しずくにも声をかける。

「すみません、私はこれから学園に戻って生徒会の仕事をしなくてはならなくて……」

「ごめんね、私も編集の作業があるんだ」

「はいはーい、かすみんはヒマでーす！」

「かすみさん、今日はいっしょに試験勉強をするっていう約束だったでしょ。またにゃんにゃんになっちゃうよ？」

「うう、しず子、忘れてなかったか……」

かすみが恨めしそうな目でしずくを見上げる。

他のメンバーは、それぞれ事情があって行けないようだった。

ランジュが少しだけ残念そうな表情になる。

「そう……ならしかたないわね。あ、ミアは行くでしょう？」

「え、ボクも遠慮しとくよ」

突然指名されて、ミアが戸惑ったように声を上げる。

「どうして？　ミアは別にこの後は何も予定はないでしょう」

「それはそうだけど、だからって何でボクが——」

「ならいいじゃない。いいから行くわよ。ほら、早く！」

「うわっ。引っ張るなって……！」

ミアの手を取って、半ば引きずるようにして笑顔のランジュが駆け出していく。

そんな二人を苦笑気味に見ながら、栞子もその後に続いたのだった。


栞子の家は、撮影をした場所から電車を十五分ほど乗り継いだところにあった。

かつては多くの武家屋敷が点在した由緒正しい土地で、今は主に高層ビルやホテル、大学のキャンパスなどが立ち並ぶオフィスビル街となっている。

そんな喧噪から逃れるように、三船の邸宅はひっそりと居を構えているのだった。

「きゃあっ！　懐かしいわ！」

門から敷地内に足を踏み入れて、ランジュが歓喜の声を上げた。

「あいかわらず広い庭ね！　昔はかくれんぼをして色々なところに隠れたりしたわ！」

「そうですね。ランジュとは姉さんといっしょによく遊びましたっけ」

「ランジュたちがどこに隠れても絶対に薫子が見つけるの。不思議だったわ」

「あれは野生の勘みたいなものでしょうか……」

何と答えていいのかわからないという顔で栞子がそう口にする。

そんな二人の傍らで、ミアが庭の隅に置かれていたとあるものを興味深げに見ていた。

「これすごいね。竹が水で動いて音を出してる。何ていうの？」

「それはししおどしですね。昔からある日本の庭園用の装飾です。本来は作物を荒らす鳥獣をおどかして追い払うためのものだったらしいですよ」

「そうなんだ。いい音。曲に使えないかな」

きょろきょろと辺りを見回しながら、庭のあちこちに目を向けるミア。

三船邸の昔ながらの和の景色が珍しいようだった。

しばらくの間そんな風に庭を見学してから、栞子に促されて屋敷の中へと案内される。

二人が通されたのは、客間だった。

「へぇ、家の中もUniqueだね。ずいぶん歴史がありそうだけど……」

「そうですね。改修などはされていますが、建てられたのは百年以上前だという話です」

「Great!　そんなに前から⁉」

「ここも変わっていないのね。落ち着くわ」

出されたお茶を飲みながら、生け花や掛け軸で飾られた部屋を見回して、ランジュが楽しそうに笑みを浮かべた。

「撮影、思った以上に大変でしたね」

と、二人の湯呑みにお茶のおかわりを注いで、栞子が言う。

「演技はもちろんですが、『紅蓮の剣姫』の解釈もなかなか複雑で、難しいです」

「そう？　栞子は上手だったわよ。ランジュもすごく楽しかったわ。演技をするのなんて初めてだったから、全部新鮮で」

「ええ、ランジュは堂に入っていました」

「ランジュは図太いからね。向いてるんじゃない？」

「ミアはもうちょっと大きな声で台詞を読み上げた方がいいんじゃないかしら？」

「……うるさいなぁ。ボクはだれかと違って繊細なんだよ」

軽口を言い合いつつも、三人の顔から笑顔がなくなることはない。

それはこの三人が、それだけ気心の知れた仲だということを表していた。

「でもみんなもすごかったわ！　中でもせつ菜はさすがね！　紅姫に完璧になりきっていたわ！」

目を輝かせながらランジュが自分のことのようにうれしそうに声を上げる。

「はい。とても素晴らしかったです」

「そうだね。本当にそのキャラクターがそこにいるみたいだった」

そううなずき合う三人。

各々の演技については言いたいことがあるものの、せつ菜の演技が真に迫っていたものだということには意見が一致しているようだった。

「それにせつ菜だけじゃないわ。かすみはかわいいし、彼方は雰囲気があるし、歩夢は守ってあげたくなるような気持ちにさせるし、みんなみんな、すごく素敵なんだから！」

さらに声のトーンを上げて、ランジュが興奮ぎみに口にする。

それを見た栞子が目を細めた。

「ランジュは本当に同好会のみなさんのことが好きなのですね」

「好きよ、大好き！　だって初めてランジュを受け入れてくれたみんなだもの！」

ランジュにとって、『虹ヶ咲学園スクールアイドル同好会』とそのメンバーは特別だった。

どこにいてもだれといても一人だった自分を、果たされることのない約束に諦めかけていた自分を、それでもいいと言ってくれた唯一の仲間たち。

もともと、憧れた存在だった。

憧れて、気持ちをわかり合いたいと思っていた相手だった。

だけどその望みは、今はあの頃とは比べものにならないくらい大きなものになっている。

それこそどれだけそのことを口にしても、どれだけ時間を共にしても、夜明けに輝く真珠の光のようにあふれ出して止まらないほどに。

「そうだね、あの時のランジュの顔を見ればわかるさ」

「え？」

「帰国を取りやめた日。あの時は大変だったよね。ランジュが慌てて部屋にアクリルキーホルダーを取りに戻って」

「ふふ、あんなに必死なランジュ、見たことがありませんでしたね」

「な、なによう。仕方ないじゃない。あのままにしておいたら片付けられちゃうかもしれなかったんだから……」

気まずそうに目を逸らすランジュ。

それを見て、栞子とミアが笑う。

「だ、だいたいミアだって、同好会のみんなが大好きじゃない。特に璃奈のことが――」

「わ、わあ、それは今はいいんだって……！」

「ふふ、ミアさんと璃奈さんは仲がいいですものね」

「し、栞子まで……それは、璃奈のことは好きだけど……」

尽きることのない会話。

話題が次から次へと湧き上がってきて、自然と流れていく。

とりとめのない会話に、いつの間にか時間は経っていて、急須に入ったお茶のおかわりがすっかりなくなってしまった頃だった。

「栞子、いる?」

そんな声が響いて、客間の襖が開かれた。

現れたのは、髪に入った赤いメッシュと、栞子と同じ八重歯が印象的な女性。

栞子の姉である——薫子だった。

「ちょっといい……って、あれ、お客さん?」

「姉さん」

「ランジュとミアじゃない。いらっしゃい」

二人に向かって笑顔でそう声をかける。

「お邪魔しているわ、薫子」

「……どうも」

栞子の幼なじみであるランジュはもちろん、薫子は虹ヶ咲学園の音楽科で教育実習生をやっているため、ミアとも顔見知りだった。

「それで姉さん、何か私に用ですか?」

「うん。でも大した用じゃなかったから、友だちが来てるなら後でいいわ」

「そうですか」

了解の意とともに栞子がうなずき返す。

だけど薫子はその場から立ち去ることなく、三人のことをジーッと見つめていた。

「まだ何か？」

怪訝な表情で見上げる栞子に。

「ねえ、二人とも、今日はまだ時間ある？」

「時間？　ランジュは大丈夫よ」

「ボクも別に予定はないけど……」

「じゃあよかったら二人とも、夕ご飯も食べていかない？　あ、そのまま泊まっていっちゃえば？」

笑顔でそう薫子が提案した。

「姉さん、ちょっと……！」

「別にいいじゃない。明日は休みだし、せっかくかわいい妹の友だちが来てくれたんだから、ゆっくりしていってほしいわ」

「ですが……」

困ったように二人の顔を見る栞子に。

「きゃあっ！　この前のしずくの家に続いて、またお泊まり会ね！」

「まあ、いいんじゃない。もう少しこの家のことも見てみたかったし」

「決まりね。寮には私から言っておくから。二人とも、遠慮しないでくつろいでね」

そう手を振って、薫子は客間から去っていった。

「はあ、もう、あいかわらずマイペースなんですから……」

こめかみに指を当てながら、小さくため息を吐く栞子。

口ではそう言うものの、だけどその顔からは笑みがこぼれていたのをランジュは見逃さなかった。

胸の奥から、うれしさが湧き上がる。

「じゃあもっともっとお話ししましょう！　ランジュ、まだまだ二人に言いたいことや訊きたいことがいっぱいあるわ！」

満面の笑みとともに、栞子とミアに勢いよく抱きつく。

「うわっ⁉　わ、わかったから、その前にグリーンティーのおかわりをくれない？　喉渇いちゃったよ」

「わかりました。ではいっしょにお茶菓子も持ってきますね」

こうして、三船家でのお泊まり会が開かれることになったのだった。

2

三船栞子にとって〝約束〟とは胸の奥で止まっていた時計の針のようなものだ。

何年も前に姉との間で交わされた、幼くもキラキラと輝いていた宝物。

それが果たされることは残念ながらなかったけれど、それでもその夢の記憶は思い出として心に残った。

一時は諦めと行き違いから停滞してしまっていた時期もあったけれど、それは今では再び新たな時を刻み始め、栞子にとっての新しい夢への原動力となっている。

そのきっかけとなったのは……他ならない同好会のメンバーたちと過ごした時間だ。

第二回スクールアイドルフェスティバルを通して、背中を押してくれた言葉。

伝えられた姉の真意。

適性だけではない、好きなことを、夢を追いかけることの楽しさを教えてくれた。

そしてその輝きは小さな鍵となって、巡り巡って大切な幼なじみと、その友だちの心にも響いた。

仲間でライバル。

ライバルだけど仲間になったあの日。

それは栞子の中に刻まれた、新しい約束だったのかもしれない。

その約束があったからこそ……栞子は今こうしてスクールアイドル同好会の一員として夢へと歩むことができている。

「……ここが正念場です。注意深くいきましょう」

真剣な表情でテーブルの上を見つめながら、栞子がそう口にした。

「ここで焦ると全てが台無しになってしまいます。天王山です」

「うーん、もう大丈夫なんじゃない？　ぱぱっとやっちゃいましょうよ」

「No. ここは慎重に行くべきだ」

今にも手を出してしまいそうなランジュを、ミアと栞子が諫める。

珍しくどこか張りつめた空気。

三人の目の前にあったのは……たくさんの小さな穴の中で、食欲をそそる匂いの湯気を上げている、タコやネギなどの具材の入った小麦粉の生地だった。

「このピックを使ってひっくり返すのよね？　難しいわ」

「そう？　こんなの簡単だよ。ほら、こうやって――あっ」

「崩れてしまいましたね……」

「い、今のはたまたま……」

「あ、ねえねえ、今、愛に聞いてみたんだけど、ひっくり返すよりも転がすつもりでやるといいみたい。こうかしら？」

三人でタコ焼き器を使って、タコ焼きを焼いているのだった。

「難しいですね……もう少し焼いた方がいいのでしょうか」

「いいじゃない、ランジュはもう食べたいわ」

「だから落ち着きなって。タコ焼きは逃げないんだから」

ああでもないこうでもないと試行錯誤を繰り返しながら、穴の中のタコ焼きのタネと格闘していく。

やがて不格好ながらも、いくつかのタコ焼きが形になり始めてきた。

「そろそろ食べられるのではないでしょうか？」

「うん。いい匂いがしてきた」

「じゃあ食べましょう！　いただきます……んっ、好吃！」

「ちょっとランジュ、一人だけずるいぞ。ボクも――あつっ」

「ミアさん、タコ焼きは中が熱くなっているので食べる時には注意が必要です」

「そ、そういうことは早く言ってよ……」

それぞれに違った反応を見せながら、タコ焼きを頰ばる三人。

どうしてタコ焼きなのかというと……きっかけはランジュの一言だった。

『ねえ、お泊まり会では〝タコパ〟をやるものだって聞いたわ！　やりましょう！』

『〝タコパ〟？　What?』

『たぶんですが、タコ焼きパーティーのことですね』

『そう、それよ！』

『小麦粉とタコや野菜などの具材を使って作るものだと聞きました。姉が昔作っていたので、専用のホットプレートはありますが……』

『じゃあできるわね！　さっそく始めましょう！』

そういうことがあって、今に至るのだった。

「ふふ、でも楽しいわ。こんなことをするのは初めてだから」

五つ目のタコ焼きを口にしながらランジュがそう言った。

「日本に戻ってきた頃は、こんな風に栞子（しおりこ）やミアと〝タコパ〟をするなんて思わなかったもの。本当に毎日刺激的でワクワクするわ」

「まあ、こういうのも悪くはない、かな」

ふーふーと慎重に冷ましながら食べるミア。

「そうですね。私もとても楽しいです」

栞子（しおりこ）にとっても、こんな時間を過ごすことができているのは望外の喜びだった。

少し前までは想像もできなかった、心弾む時間。

とはいえこの時間は当たり前のようにもたらされたものではなく、一つ間違えれば目の前のこの光景は存在しなかったのだと思うと、今でも胸の奥がスッと冷えるような心地になる。

互いに遠慮して本心を言えずにいた幼なじみは失意のまま香港（ホンコン）に帰ってしまい、そのパートナーだったミアもどうしていたかわからない。

バラバラになってしまった三人。

そんな今もあり得たのかもしれない。

それを避けることができたのは、同好会の皆の助力と温かく後押しをしてくれた応援があったからで……

「本当に……奇跡のような時間だと思います。ランジュとミアさんとこんな風に笑い合える毎日を過ごすことができて、私はすごく幸せです」

胸元に手を当てながら、かみしめるようにそうつぶやく。

それは栞子（しおりこ）の心からの言葉だった。

「ええ、ランジュも幸せよ。ずっとずっとこんな夢みたいに素敵な瞬間が続いてくれるといいって、そう思ってるの」

「……ボクも、まあ、楽しいよ。栞子とランジュといっしょにいるの、その、嫌いじゃないから」

「二人とも……」

二人の言葉が胸に染みる。

同じ時間を過ごしたいと思った二人が、自分と同じように今のこの瞬間を大事に考えてくれていたことが、本当にうれしかった。

二人はかけがえのない大切な友だちなのだと……改めて栞子は思った。

それからも三人で、お泊まり会を満喫した。

「この映画は映像がとてもよくできていて、怖いことで有名みたいですよ……」

「ジャパニーズホラーね。楽しみだわ」

「……」

「？　どうしたんですか、ミアさん」

「……」

「顔色が悪いわね。眠いのかしら？」

「……二人とも、ボクから離れちゃダメだからな。いい？」

「それは構いませんが……」

「どうしてそんなことをする必要があるの？」

「い、いいから……！」

二人の服の裾を握って離さなかったミアを真ん中にホラー映画の配信を見たり。

「ふふ、こっちはジョーカーです。またランジュの負けですね」

「うう、くやしいわ……」

「ランジュはわかりやすすぎるんだよ。ジョーカーを持ってるとすぐ顔に出る」

「ランジュは素直なんですね」

「ほめられている気がしないわ……。でもいいのよ。ジョーカーにも仲間がいるって、みんなに教えてもらったから」

「ランジュ……ええ、そうですね」

トランプでババ抜きや色々なゲームをしたり。

「ねえ、ここに写ってるのって、ランジュ？」

「ええ、そうよ。香港に行く前に栞子といっしょに撮ったものね」

「へぇ、ランジュにもこんなかわいらしい頃があったんだ」

「当然よ。ランジュはいつでもかわいいわ！」

「そうですね、ランジュは昔も今もとてもかわいらしいですよ」

栞子の部屋にあったアルバムを見て、色々と昔の話をしたりもした。

「二人だけの写真、か……」

と、小さなランジュと栞子が写った写真を見ていたミアがぽつりと口にした。

少しだけさみしそうな響き。

それを聞いた栞子とランジュが顔を見合わせる。

そして同時にうなずき合うと、両側から挟みこむようにミアの左右に座った。

「な、なに？」

「いっしょに撮りませんか、ミアさん」

「え？」

「せっかくこうしているのですから、三人の写真を撮りましょう」

「い、いいよ、ボクは」

「ランジュたちが撮りたいの！　ほら、動かない」

「あっ……」

カシャカシャ……

「はい、撮れたわ！」

「ふふ、今日のお泊まり会の記念ですね」

スマホのディスプレイに映った、満面の笑みのランジュ、控えめに笑う栞子、そしてびっくりしたような表情を浮かべるミアの三人の写真。

「ったく……」

そう言いながらも、ミアの表情はまんざらでもない様子だった。

ちらちらと、何度もスマホのディスプレイに目をやっている。

それを見た栞子は、微笑ましい心地になる。

飛び級をしているので学年こそ三年生だけれど、ミアの実際の年齢はまだ十四歳だ。こういう年相応なところがあっても不思議じゃない。

「な、なんだよ、栞子、ニヤニヤして……」

「ふふ、いいえ、何でもありません」

「も、もう、ボクはセンパイなんだからな！」

そう言って唇をとがらせる。

そんな仕草すらかわいらしい。

「それでは、そろそろ寝る準備をしましょうか。明日は休みだとはいっても、あまり夜更かしをするのは良くないですから」

二人の顔を見て、栞子は言った。

「そうね。明日は早起きして、みんなでいっしょにラジオ体操をしたいわ」

「え、ランジュだけでやってよ……ボクは寝てたい」

「ダメよ。みんなでやるから意味があるんじゃない」

「ええ……」

「せっかくなのでやりましょうよ、ミアさん」

「はあ、もう、しょうがないな……」

ため息を吐きながらうなずくミア。

何だかんだ言いながらもランジュの提案を受け入れるのは、ミアの人の好(よ)いところなのだと、
栞子(しおりこ)はやっぱり微笑(ほほえ)ましく思ったのだった。

3

ミア・テイラーにとって、〝約束〟とは空に輝く星のようなものだ。

一見するとつかめそうに見えて、だけど伸ばした手はそこには届かない。

そのことを思い知らされたのは……歌手デビューの日。

彼女にとって、それは約束だった。

約束されたはずの、夢への道のりだった。

つかむことができると疑っていなかった星の光。

だけどそれは、一度は失われた。

届かない空と、その向こうで輝くつかめない星に絶望して、目を逸らそうとしたこともあった。

だけど彼女が本当に望んでいたこと。

それを気づかせてくれた人たちがいた。

求めていた、たどり着きたかった居場所。

払いのけてしまったのにもかかわらず、なおも差し出された小さくて温かな手があった。

素直になることが苦手な彼女を温かく迎え入れてくれた、仲間たち。

表立って口に出すことはないけれど……ミアはそのことに深く感謝している。

「ええと、布団……の準備のやり方って、これでいいんだっけ？」

折りたたまれた布団を慣れない手つきで床に広げながら、ミアがそう尋ねた。

「はい、大丈夫です。あとはシーツを被せて毛布をかければ完成です」

「布団って面白いよね。ステイツだとずっとベッドだったから」

学園の寮もベッドが備え付けであったため、ミアが布団というものに触れたのは今回と、少し前に同好会のみんなでしずくの家に泊まった時の二回だけだった。

「そういえば、せっかくのお泊まり会なのに枕は持参しなくてよかったのかしら」

と、ランジュが思い出したかのように言った。

「だからあれは子犬ちゃんのJokeだよ」

「そうなの？」

「そうだよ。考えればわかるだろ……」

「そうだったのですか？」

「ランジュはともかく、栞子まで……」

ミアが呆れたように肩をすくめる。

常識人に見えて、実は栞子にも意外と世間知らずなところがあることに、最近ではミアも気づいていた。

「でもランジュ、知っているわ！　お泊まり会の時には〝枕投げ〟をするんでしょう？」

「枕投げ？」

「そうよ。こうやって枕を投げるの。えいっ！」

「わっ……！　やめろって」

「あはは、楽しいわ、これ！　ほら、栞子も！」

「きゃっ……。やりましたね。お返しです」

楽しげな声とともに、客間の宙を三人の枕が飛び交う。

「栞子にもミアにも負けないわ！　やあっ」

「ランジュ、枕を二つ投げるのは反則です……！」

「無問題ラ！　栞子たちもたくさん投げればいいのよ！」

「そ、そういう問題では……」

「いいさ、ベースボールの試合を見てるんだから、イメージは十分にできてる……！」

最初は一歩引いていたミアも、途中からはムキになって枕を投げ返していた。

やがてたっぷり三十分は枕投げを堪能した後、ヘトヘトになった三人は、並んで布団に横たわった。

「はあ……はあ……ランジュの勝ちね……」

「そんなことない……ボクが一番だ……」

「引き分け……でしょうか……」

汗だくになって肩で息をするものの、三人とも楽しそうだった。

何かを共有するような、柔らかで穏やかな時間。

しばらくの間、そのまま三人で天井を見上げながら笑い合う。

どれくらいそうしていただろう。

やがてランジュがぽつりと口を開いた。

「アタシ……今日のことは絶対忘れないわ」

「ランジュ？」

「こうやって栞子とミアとお泊まり会で〝タコパ〟をして、いっしょに写真を撮って、〝枕投げ〟をしたこと。だって、とってもとっても楽しかったんだもの」

「ランジュ……」

栞子がランジュの顔をじっと見る。

「ええ、私も忘れません。今日という日のことは、心のアルバムに栞を挟んで、しっかりと保存しておくことにします」

「そうだね。こういうのも悪くないって……そう思った」

それはミアの本心だった。

騒がしかったり、意味もなく群れたりするのは正直好きじゃないけれど、今日のこれはどこか違った気がした。

この三人でならこうして何をするでもなくいっしょにいるのもいいと……そう素直に思えたのはミアにとって自分でも意外なことだった。

そんなミアの心の内を代弁するかのように、ランジュが言った。

「ねえ、またこうして三人でいっしょに集まりましょうよ。ランジュ、同好会のみんなといるのも大好きだけど、この三人で遊ぶのも同じくらい大好きだわ。もっともっと、仲良くなりたいと思っているの。だから、その……」

「？」

そこでランジュは一度言葉を止めた。

少しだけ声を小さくすると。


「〝約束〟……よ？」


何かにすがる子どものような、どこか頼りない表情。

それを見た栞子とミアは、そろってうなずき返す。

「そうですね、ええ、約束です」

「ま、たまになら付き合ってあげてもいいかな」

「栞子、ミア……！」

ランジュの表情が一転してぱっと輝く。

普段は全てのことに完璧で自信たっぷりなのに、ふとした時に見せるこういう隙だらけなところ。

そんな彼女のことも、ミアは好ましく思っていた。

「『深い想いや感情のもとで交わした〝約束〟は、決して忘れられることなく静かな灯となって、それだけが熾火のように残る』……」

と、栞子がつぶやくようにそう口にした。

「？　それって、今日撮影をした『紅蓮の剣姫』の台詞よね？」

「ええ、思い出したんです。今の私たちにとってぴったりの言葉だと思ったので」

「〝約束〟、か……」

思わずそう口にする。

ミアにとっての〝約束〟とはずっと目を逸らし続けてきたものだった。

失われてしまった夢と、苦々しい記憶とともにあった届かない星の象徴。

だけどそれは過去の話で、今は……

「……ランジュにとって、〝約束〟は果たされないものだったわ」

ランジュが言った。

「最初はすぐ近くにあるように思えても、それは本当は鳥籠の向こうの決して届かないところにあって、やがて消えていってしまうもの。だけど……今は違うわ。確かにそこにあって、未来への糸をつなげてくれる大切なものよ。だからあなたたちと——鳥籠を開ける鍵をくれたあなたたちと、〝約束〟したいの」

「ランジュ……」

「ええ、そうかもしれません」

ランジュの言葉を受けて、栞子が続ける。

「私にとって……〝約束〟は止まっていたものでした。悲しい思い出とともに、心の奥底で時を止めていた時計の針……。でも、今はそうではありません。〝約束〟は過去から未来へと確かに刻まれていくものであって、夢への道標になっています」

「栞子……」

ランジュと栞子の言葉。

彼女たちの包み隠すことのない心の内。

それはミアの心の中にある……本音を後押ししてくれた。

「……そうだね。そうかもしれない」

顔を上げて、ミアはそう口にした。

「ボクにとっても、〝約束〟なんて空の向こうの星みたいなものだったよ。キラキラときれいに輝いているけれど、決してつかむことのできない残酷なもの……」

「ミアさん……」

「ミア……」

「だけど……だけど今はそうじゃない。ボクも歌っていいんだって、望む夢に向かって手を伸ばしていいんだって、気づかせてくれた。手を伸ばすことを諦めなければ星は届かないものじゃないんだって……そう教えてくれた」

スクールアイドルフェスティバルを通して、ミアたちはそれぞれの答えを得ることができた。

あの時……ランジュは鳥籠の外の受け入れてくれる居場所を手に入れて、栞子は止まっていた時間を動かして、そしてミアは届かないはずだった星に手を伸ばすことができた。

それがあったからこそ、今の自分たちがいる。

こうしてそれぞれが心に秘めていた〝約束〟を夢へとつなぐことができている。

だから……ミアは言った。


「ボクたちは出会ってはいたけど、バラバラだった。過去に囚われて、今を見ることをせずに、本当のボクたちをだれも見せることができていなかった。それが夢を知って、〝約束〟を通して、やっと一つになれた気がする。そうだよ、ボクたち、ボクたちは生まれ変われたんだ」


その言葉は本当にミアの心の底から出たものだった。

同好会のみんなと出会って、ランジュと栞子と友だちになって、文字通りミアは生まれ変われたと思っている。

星に向かって手を伸ばすことを受け入れることができた新しい自分。

きっとそれは、ランジュも栞子も同じはずだ。

「生まれ変わる……私たちにぴったりの言葉かもしれませんね」

言葉を反芻するように栞子がそう口にする。

「ねえ、だったら三人でもう一つ〝約束〟をしましょう。今日という日の記念に。ランジュたちはこれからもずっといっしょに夢に向かって歩いていく。何回だって生まれ変わって、他の同好会のメンバーたちに負けないような、素敵なスクールアイドルになるって」

「ええ、そうですね。みなさんと肩を並べられるように精進していきたいです。ランジュとミアさんといっしょに」

「ボクたち三人で子犬ちゃんたちをあっと言わせてやらないとね」

仲間で、ライバル。

ライバルだけど、仲間。

そんな同好会のポリシーに合致することを三人とも自然と口にしていたのは、必然だったのかもしれない。

うなずき合いながら、だれともなく伸ばした手をつなぐ。

ぎゅっと固くつないだ手の先からは、お互いの熱が伝わり、そしてそれはさらなる熱量をもってそれぞれのもとへと還っていく。

きっとその循環が、分かち合われた真っ直ぐで純粋な熱い想いが、新しい〝約束〟とその先の夢へつながっていくのだと……何となくだけれどミアはそう思った。

4

「ほら、朝よ！　起きなさい、ミア」

「う……ううん……」

頭上から響いたよく通る声に、ミアは布団の中で身をよじらせた。

「Wait……あと五分……」

「ダメよ！　これから三人でラジオ体操をして、それから昨日の神社までランニングをして、その後はダンスの練習をするんだから。のんびり寝ているヒマなんてないわ！」

そんな楽しげな声とともに、強引に毛布をはぎ取られる。

飛びこんできた光のまぶしさと、流れてきた空気の肌寒さに、強制的に意識が覚醒させられる。

「のんびりって、まだ六時じゃないか……」

スマホで確認した時間に、思わずそんな恨みがましい声が漏れる。

寮でも同じようにして毎朝起こされていたけれど、まさかお泊まり会にまで来て同じ目に遭うとは思ってもいなかった。

「だって昨日〝約束〟したじゃない！　他のみんなに負けないスクールアイドルになれるように三人でがんばるって。だからさっそく今日から特訓するの！」

「それはそうだけど……はあ、あいかわらずやることが極端だよね、ランジュは……」

「ふふ、でもそれがランジュのいいところでもありますよね」

ランジュの後ろから顔を出した栞子がそう付け加える。

「まあ、そのことは否定しないけど……」

良くも悪くも真っ直ぐで、思い立ったらすぐに行動に移すことができるのはランジュの長所だ。

それがあったからこそ、ミアもパートナーとして頼りにしてきたところもある。

とはいえ朝に弱いミアには、こんな時にまでその行動力を発揮するのは勘弁してほしいところだったのだけれど……

「ランジュ、栞子とミアといつかいっしょに歌いたい！　今のランジュにそれができるかわからないけど……でもいつか気持ちが重なったその時に、ランジュたちも同好会のみんなみたいに心を合わせられるように、準備だけはしておきたいの」

「ランジュ……」

「だからミアも付き合いなさい！　ミアと栞子は、その、ランジュの……お友だちなんだから」

最後だけ少し顔を背けながら声を小さくする。

お願いをする子どもみたいな顔でそんなことを言われてしまっては、ミアとしても無下にはできない。

「はあ、しょうがないな……」

小さく息を吐きながら布団（ふとん）から起き上がる。

「そこまで言うなら今日だけは付き合ってあげるよ。まあ、ししおどし、だっけ？　あれの朝の様子も見てみたかったしね」

「あ……」

ランジュの表情がわかりやすくぱあっと輝く。

「そうこなくっちゃ！　ほら、だったら早く着替えるわよ。時間がもったいないわ！」

「はいはい」

着替えの服を押しつけてきて、さらにそのまま着替えさせようとしてくるランジュを適当にあしらう。

「ふふ、それじゃあ私は温かいお茶をいれてきますね」

それを見ていた栞子（しおりこ）がやさしい表情で微笑（ほほえ）む。

きっとこの大きな妹みたいな年上の友だちと、やはり年上で気遣いができるものの少しだけ真面目すぎるところもある友だちとは、これから先も長い付き合いになるのだろうなと……ミアはそう思ったのだった。

間章

『紅蓮の剣姫③』

蒼衣と橙子は、紅姫が知り合った陸上部の二人だ。

蒼衣が三年生で、橙子は二年生。

二人が公園でランニングをしていた時に、落としたタオルをたまたま通りかかった紅姫が拾ったことがきっかけで、それから話をするようになった。

「あれ、紅姫、今日も見に来たの？」

「はい！　お二人の走る姿を見るのは、大好きなので」

「物好きねえ。こんなのを見ていても面白くもないでしょうに」

「いいじゃん。見られてる方が何だか燃えてくるし！　どんどん見てくれていいからね！」

「もう、それは橙子だけよ」

明るく活発な橙子と、クールで大人びた蒼衣。

二人の性格はそれぞれ真逆と言っていいほど違っていたけれどとても仲が良く、学年こそ違うもののお互いにライバルで仲間だと認め合う関係だった。

親友であり、同時に戦友。

紅姫にとって、グラウンドや公園で走る二人の姿を眺める時間は、とても心地のよいものだった。

「さ、蒼衣、今日も勝負だから！　負けないよ！」

「それはこっちの台詞よ。インターハイで優勝するのは私なんだから」

「お、言ったな。じゃああそこのベンチまでどっちが早く着けるか勝負するよ！」

「望むところよ。判定をしてちょうだい、紅姫」

「あ、はいっ」

並んで走りながら、互いの背中を叩き合って笑う二人。

その様子は、親友というよりも、まるで仲の良い姉妹のようでもあった。

「はー、つっかれたー。どうどう、紅姫。橙子さんの勝ちだったでしょ？」

「あ、ええと……」

「今のはほとんど同着だったでしょう。いえ、むしろ私の方がわずかに勝っていたかもしれないわ」

「えー、そんなことないって。アタシの勝ち！」

「いいえ、私よ」

「……」

「……」

「あ、あの、お二人とも落ち着いて……」

無言で顔を突きつけ合う二人に挟まれて困り顔になる紅姫（アカヒメ）に。

「なーんて。あはは っ」

「え……？」

「ふふ、冗談。別にケンカをしているわけじゃないわ」

「え、え……？」

「ごめんなさいね、からかっちゃって」

「おろおろする紅姫（アカヒメ）がかわいくてつい。ごめんごめん」

「も、もう……！」

こんな風にからかわれることもあったものの、この二人のやり取りを見ているのが、紅姫（アカヒメ）は好きだった。

心を通じ合わせた二人の、少しだけ大人びたやり取り。

二人の間には、確かな想い（おも）と信頼があった。

〝絆（きずな）〟が……あった。

だから……なのだろう。

二人の内の一人が、〝レーテ〟に喰われてしまっても、〝絆〟が残ったのは。

（私に……私たちにもっと、力があれば……）

守れなかった。

あと少しが間に合わなかった。

ただただ後悔のみが、暗い炎のように紅姫(アカヒメ)の胸の奥で湧き上がる。

罪悪感に押し潰されそうになりながらも、公園の遊歩道を見る。

二人でいつも並んで走っていた朝の自主練。

そこには、今はもう一人の姿しかない。

時折何かを思い出したかのように隣を見るも、すぐにどうしてそうしたのかわからないといった顔になり、差し出した手を引っこめてしまう。

だけど彼女は今日も走り続ける。

たとえそこには彼女の姿しかなくても。

そこにあったはずのもう一人の背中と、戦友と……競い合うかのように。

第三話
『変わるもの、変わらないもの』

1

十一月中旬。

『紅蓮の剣姫』の撮影が始まってからおよそ半月が経過していた。

特に大きな遅れもなくスケジュールは順調に進んでいて、撮影は脚本の中盤まで差しかかっていた。

「お疲れさま、果林さん、愛ちゃん、せつ菜ちゃん！」

ビデオカメラを手にしたまま、侑が弾んだ声とともに三人に駆け寄り抱きつく。

その日は虹ヶ咲学園からは少し離れた下町にある運河沿いの運動公園で、果林と愛が演じることとなるキャラクターをメインとした撮影が行われていたのだった。

「果林さんも愛ちゃんも素敵だった！　蒼衣と橙子が橋の上でランニングをしながら背中を押し合うシーンはちょっとうるっときちゃったし、せつ菜ちゃんとの息もばっちりだったよ！」

「ふふ、ありがとう。うまくいってよかったわ」

「全力でハシっちゃったよね。橋の上だけに！　あははっ！」

「橋の上で走るって……あはははははは！　だめ、息できない……！」

「……あいかわらず、侑は笑いのレベルが赤ちゃんなのね」

お腹を抱えて苦しそうに笑う侑を見ながら苦笑する果林。

とはいえその表情からは、柔らかなリラックスした様子が見て取れた。

演技経験こそないものの、果林は読者モデルとして見られたり撮られたりすることには慣れていたし、愛は持ち前のセンスと度胸が存分に発揮されたことから、撮影はほぼNGを出すことなく無事に終了となったのだった。

「それじゃあ今日もここで解散かな。私は学園に戻って編集作業をするけど……」

「私も侑先輩といっしょに戻ります。今後の撮影スケジュールについて少しご相談できればと思って」

「うん、了解、しずくちゃん」

「愛さんは帰ろっかな。お腹空いちゃったし」

「私はちょっと行くところがあるから、ここで失礼するわ」

「そっか。あ、せつ菜ちゃんはどうするの？」

「……」

「せつ菜ちゃん？」

返事がない。

侑が再度声をかけると、せつ菜はハッとしたように顔を上げた。

「……え？　あ、はい、何でしょう？」

「これから撤収だけど、せつ菜ちゃんはどうするのかなって」

「あ、す、すみません！　私も学園に戻ります。今すぐに支度をしますから……！」

我に返ったようにパタパタと片付けを始める。

どこか心ここにあらずな様子で、こういったタイムスケジュールなどにはきっちりしているせつ菜には珍しい反応だった。

そんな二人のやり取りを横目で見ながら、果林が隣の愛に話しかけた。

「……ねえ、愛。ちょっと訊きたいのだけれど」

「ん、なに？」

「ここってどこだかわかる？」

スマホの地図アプリを立ち上げながらそう尋ねる。

「どれどれ？　あ、ここならすぐ近くだよ。歩いて十五分もかからないんじゃない？」

「そう、ありがとう」

「ここってフツーの橋で特に何もないところだけど、何しに行くの？」

愛の問いに、果林は侑とせつ菜の方をちらりと見た後、少しだけ声をひそめて言った。

「ほら、あれよ。侑が少し前に言っていた……」

「あー、あれかー」

愛が納得したようにうんうんとうなずく。

「せっかく近くまで来たんだから済ませておくいい機会だと思って。そういうことだから、私は行くわ」

そう言って、カバンについたパンダのキーホルダーを揺らしながら颯爽と歩き出す果林。

そんな彼女を、愛は呼び止めた。

「あのさ、カリン」

「ん、何かしら？」

「そっちじゃないよ。さっきのとこに行くなら、反対方向」

「……」

「……」

「……」

「愛さんが案内しよっか？」

「……お願いできるかしら」

「おっけー！　任せといて！」

複雑そうな表情で小さく口にする果林に、愛が満面の笑みでそう答えたのだった。

2

虹ヶ咲学園から北に位置するこの辺りは、いわゆる深川と呼ばれている地域だ。

運河やそこから分かれた川が多く流れていることから、橋や遊歩道などが多く、街全体がキレイに整備されたイメージがある。

また同時に下町ならではの古くからの景観も残っていて、神社などの歴史を感じさせる建物も点在しているのが特徴的だった。

「……ええと、愛」

目の前にあるものを見上げて、果林が戸惑ったように声を発した。

「ん、なになに？」

「私は橋に連れていってもらおうと思っていたのだけれど……」

果林の視線の先にあったのは目的地であるはずの橋ではなく……見上げるほどの大きさの鳥居だった。

愛が明るい口調で答える。

「ここは愛さんちの近所の神社だよ。今、酉の市をやっててさ、どうせここまで来たんだし、カリンといっしょに回ったら楽しそうかなって！」

酉の市。

毎年十一月に、開運招福や商売繁盛を願って神社などで行われる行事だ。

その言葉通り境内はたくさんの人で賑わっていて、威勢のいいかけ声が果林のもとまで聞こえてくる。

「それはいいのだけれど、橋は……」

「大丈夫、それはここに来る途中で通っておいたから。ちゃんと記録できてるはずだよ！」

「え、そうなの？」

いつの間に……とスマホを確認して驚く。

確かにやろうとしていた作業は、しっかりと達成済みになっていた。

とはいえ果林にはどういうルートを通ってここまで来たのかまったくわかっていなかったため、ぜんぜん実感はなかったのだけれど。

「だから今日はもうフリーだよ！　ほら、あそこの屋台のベビーカステラ、すっごくおいしいからさ、食べよ食べよ！」

「あ、ちょっと」

「こっちこっちー！」

愛に手を引かれて、お祭りの喧噪の中に引きずりこまれる。

その強引ともいえる誘いに少しばかり戸惑うものの……そういうところも愛の長所だと果林は思っている。

(まあ、たまにはこういうのもいいかもね)

愛のペースに乗せられるのは、嫌いじゃない。

苦笑しながらうなずいて、手を引かれるまま果林は愛の後を追ったのだった。

境内は、外から見るよりもずっと賑わっていた。

老若男女様々な人たちが参道を行き来していて、酉の市の代名詞ともいえる熊手のお店などもさることながら、食べ物の屋台も多く見られる。

そんな中を愛と並んで果林は歩いていく。

「愛ちゃん、来てたんだ？　お友だちといっしょ？」

「やっほー。うん、カリンっていうんだよ！」

「こっちも見てってよ、愛ちゃん。サービスするから」

「わかった、後でね！」

「愛ちゃんじゃない。また今度お店にもんじゃ、食べに行っていい？」

「うん、来て来て！」

少し進むごとに、愛はだれかしらから声をかけられていた。

近くを歩いている人や、屋台の人、神社の関係者らしき人。

次から次へと、途切れることがない。

それらに全て笑顔で答えながら境内を進んでいく。

「人気者ね、愛」

「そっかな？　子どもの頃からよく来てたから、だいたい顔見知りっていうのはあるけど」

そう言ってにかっと笑う。

その降り注ぐ太陽のような笑顔には自然と人を惹きつける魅力があり、きっと愛は多くの人から好かれているのだろうと果林は思った。

「愛らしいわね。それに酉の市だったかしら、この時期にこんな賑やかなお祭りは初めてだわ。こういうのもいいものね」

「そうなの？　子どもの頃とか行ったりしなかった？」

「島でもお祭りはあったけれど、酉の市ではなかったわ。それにそもそも人の数がぜんぜん違ったもの」

島での記憶を思い浮かべる。

夏祭りなどは観光客が来ることもあってそれなりに多くの人の姿を見ることができたけれど、それでもこっちのお祭りには遠く及ばない。

近隣の島と比べれば人口は多い方とは言っても、そこはやはり島同士での話なのだ。

「へー、じゃあ初めてなんだ。よーし、だったら今日は思いっきり楽しもうよ！　愛さんがカリンのことばっちり案内するから！」

「ふふ、楽しみにしているわ」

「任せといて！」

再び果林の手を引いて、屋台の集まっている方へと走り出す。

「ほら、見て。綿菓子の屋台！」

「懐かしいわね。子どもの頃以来だわ」

「でしょ？　おばちゃん、綿菓子一つ！　カリン、いっしょに食べよ」

「え、いいわよ。自分の分はちゃんと買うから……」

「いいのいいの。こういうのは一つのを分けるのが楽しいんだから」

「そういうものなの？」

「うん！　ほら、甘いよ！」

一つの綿菓子を二人で分け合ったり。

「ねえねえ、水風船、どっちが多く取れるか競争しよう！」

「いいけど、勝負なら負けないわよ？」

「そうこなくっちゃ！　勝った方が好きなお願いを一つ言えるっていうのはどう？」

「面白そうじゃない。望むところよ」

水風船の屋台や金魚すくいの屋台で勝負をしたり。

「熊手ね。威勢のいいかけ声が聞こえると思ったら、あれだったのね」

「熊手を買うと拍手とかけ声でお祝いしてくれるんだー。あ、せっかくだし、一つ買っていこうよ！　部室に飾ったらみんなめっちゃ驚きそうじゃない？」

「いいわね。どれにする？」

「んー、愛さんはあのおっきいのがいいと思うんだけど、カリンはどう？」

「あれはいくら何でも大きすぎない？　あっちの手で持てるくらいの方がいいんじゃないかしら」

「うーん、おっきければおっきいほど縁起がいいって思ったんだけど」

「それも一理あるけれど、さすがにあれは大きすぎて部室のドアを通らないでしょう」

「わかった！　じゃあカリンの選んだそれにしよう！」

やはり酉の市ということで、同好会メンバーへのサプライズも兼ねて、熊手を買ったりもした。

そんなどこかゆったりとした時間。

「どうどう、楽しいでしょ！　酉の市！」

選んだ熊手を振りながら、愛が声を弾ませて言った。

「賑やかで活気があるんだけど他のお祭りとはちょっと雰囲気が違うんだよね。やっぱり夏じゃないからかな」

「そうね、冬のお祭りってあまり馴染みがないかもしれないわ。それに見るもの全部新鮮で、すごく素敵な経験よ。連れてきてくれてありがとう、愛」

「どういたしまして。島だけに。あははっ！」

「もう……」

あいかわらずの愛のダジャレを聞きながら果林が苦笑する。

そんな愛だったけれど、お祭りの非日常な空気の中でも、その姿は一際輝いて見えた。

どこまでも明るくて曇りのない笑顔。

そこにいるだけで周りの人を惹きつける華やかな雰囲気。

それこそ陽光の中で咲き誇る鮮やかな花のように周囲を色づかせている。

何かで聞いたことがあるのだけれど、こういったお祭りに参加している華やかな女性のことを、花にたとえて『祭花』ということもあるらしい。

それはまさに今の愛にうってつけの言葉であり……同時にとてもきれいな響きだと果林は思った。

「ん、どうしたの、カリン？　愛さんの顔に何かついてる？」

「ううん、何でもないわ。どんな時でも愛は愛なのねって」

「？　何それ？　ま、いいや。お祭りはこれからだよ！　まだまだ楽しむからねー！」

そう声を上げる愛の笑顔も、やはり花のように輝いていたのだった。

3

「ふう……」

スカートの裾に手を添えながら境内の隅にある大きな石に腰を下ろして、果林は小さく息を吐いた。

遠くから聞こえてくるお祭りの喧噪とともに、心地よい疲れが全身に染み渡る。

あれからもいくつか屋台や愛の顔なじみがやっている露店を回って、酉の市を隅から隅まで満喫できていた。

（どこに行っても声をかけられて大忙しだったわね……）

本当に来ている人全部知り合いなんじゃないかと思うくらいだった。

その愛は今は追加の食べ物を買いに行っていて、ここにはいない。

あの感じだと、しばらくは戻ってこないだろう。

どこか時間がゆっくり流れているような空気に身を委ねながら、果林はスマホを取り出して動画を立ち上げた。

再生したのは、今日の撮影風景。

イヤホンを耳につけて、ディスプレイの中のそのシーンに集中する。

「……」

そのままどれくらいそうしていただろう。

「お待たせー！　お好み焼き買ってきたよー……ん、なに見てるの？」

と、戻ってきた愛が、スマホを覗きこみながら果林に尋ねた。

「お帰りなさい。今日の撮影の動画よ。次の出番に備えて、いくつか確認しておこうと思って」

「へー、そうなんだ。お、蒼衣と橙子が約束するシーンだ」

「ここの感情の動きが少し気になってね。蒼衣だったらもう少し淡々と勝負を受けるんじゃないかと思ったの。愛はどう思う？」

果林の問いに愛が首を傾ける。

「んー、そうだなー。蒼衣はクールに見えて実はけっこう熱いハートを持ってると思うし、むしろ逆に今より感情を出すくらいでもいいんじゃない？」

「逆に感情を……そういう考え方もあるのね」

「うーん、愛さんがそう思うってだけだけど」

「いいえ、ありがとう。助かるわ」

愛の言葉にうなずき返す。

どちらかと言えば物事を理論で考える果林に対して、直感的な愛の意見はとても参考になる。

忘れないように、愛の言ったことをその場でスマホのメモ帳に書き記していく。

「ふふ、カリンのそういうとこ、せっつーに似てるよね」

それを見ていた愛が、楽しそうに笑った。

「せつ菜に？」

「そうそう、真面目でストイックなとこ？　ほら、この前だって撮影が終わった後、せっつーだけ一人残ってゆうゆと特訓してたらしいじゃん。そんな感じ」

その話は果林も聞いていた。

侑と二人で下校時刻ギリギリまで残って演技の確認をしていたとか。またその日だけでなく、時間ができた時には積極的に他のみんなにも頼んで練習に付き合ってもらっているというのも聞いている。

その様子から、どうも物語の中で気になっている部分があるらしい。

何事にも真っ直ぐで一生懸命な、せつ菜らしいと思う。

ただ……

「私はそんなんじゃないわ。ストイックとかじゃなくて、ただ演技でもなんでも、やるのならだれにも負けたくないだけよ」

「えー、そういうのをストイックって言うと思うんだけどなー」

愛がそう口にする。

「それにカリン、けっこう演技にハマってるんじゃない？　やってる時、顔が活き活きしてたよ」

「それは……やってみたら演技も面白いものだって思ってね」

「あはは、もしかして演劇部に入っちゃう？」

「ふふ、そうね、一段落したらしずくちゃんに聞いてみようかしら」

冗談めかして口にしてはいたが、内心それはそれなりに本気だった。

撮影を続けている内に、演技という今までは触れてこなかったものに、少なからず興味を持っている自分がいることを果林は感じていた。

いや演技だけじゃない。

これまでは考えもしなかったようなジャンルについての興味や関心が、最近では頻繁に生まれるようになっていた。

その変化には……将来についての展望を考える時期に差しかかったということも関係してい

るのかもしれない。

「ん、どうしたの？」

「いいえ。どうしたって、人も状況も変化することを避けられないのだなって、そう思っただけよ」

三年生の冬という、岐路の季節。

少し前までは、このまま読者モデルを続けて、それに近い道をいくものだと思っていた。淡々と続いていく日々は変わらずに、将来は待っていても向こうから来てくれるものだと漠然と思っていた。

だけど愛の姉のような存在である美里さんと話をした時に、知った。

将来というものは当たり前にそこにあるものではない。

それはとても不安定で、決められた道筋などなくて、また同時にあらゆる可能性に満ちたものなのだと。

だからこそそれまでの視野にとらわれることなく、変化を恐れずに、これからのことについて広く深く考える必要があるのだと気づかされたのだった。

ゆえに今も果林はこうして、将来について考えを巡らせている。

（……って、こんなことばかり考えていたら、またエマに心配されちゃうかしら）

『でもね、果林ちゃん。昨日や明日のことで悩んでたら、楽しい〝イマ〟が過ぎちゃうよ？』

優しくそう語りかけてくれたエマ。

エマに言われた言葉は、もちろん忘れていない。

〝未来〟への不安ばかり気にして、〝イマ〟を大切にできないのでは本末転倒だ。

シンプルなのに、本質をついた、エマらしい言葉だと果林は思っている。

あの時の果林は、失うことが怖かったのだと思う。

それまでの〝過去〟が楽しすぎて、〝イマ〟が過ぎるのがさみしくて、〝未来〟について向き合うことを躊躇してしまっていた。

だからこその……エマの言葉だ。

だけど今果林が抱いている迷いは、その時のような消極的なものではなくて、将来をしっかりと見据えた結果の、前向きな迷いになっている。

それならば、悩むこと自体は決して悪いことではないんじゃないかと……そう考えている。

だって〝未来〟とはそれだけが独立したものでなく、〝過去〟と〝イマ〟と地続きであるものなのだから。

（屁理屈かもしれないけれど……）

でもきっとエマも笑って納得してくれるだろう。

彼女の日だまりのようなぽかぽかとした笑顔が頭に浮かんで、少しだけほっこりとした気持ちに果林はなる。

（ただ……）

それとは別に、遠からず訪れるだろう未来の可能性の一つに……果林としては気になっているものがあった。

それは変化を受け入れた今であっても、どうしても心に引っかかってしまうものであって……

「どうしたの、カリン。難しい顔して」

「え？」

「なんかダイバーフェスの時みたいな思い詰めた顔してたよ？　大丈夫？」

「それは……」

「？　カリンが言ったみたいに、色々なことが変わっていくのは当たり前だって愛さんも思うよ。それって大変だとは思うけど、周りとか自分が変わっていけばそれはそれで面白いこともいっぱいあるし、いいことなんじゃないかな？」

「……そうね、それはそうなのだけれど」

「？　じゃあなんでそんな顔して……」

「……」

「あ、もしかして」

そこで愛は何かに気づいたように言葉を止めた。

瞬きをしながら果林の顔を覗きこむと。

「もしかしてカリン……愛さんのこと、心配してくれてるの？」

「……っ……」

即座に言葉を返せない。

驚いた。

鋭い愛には隠しきれないかもしれないとは思っていたけれど、まさかここまで正確に言い当てられるとまでは果林も思っていなかった。

「そっか、変わっていった結果、ユニットで最初に一人になっちゃうのが愛さんだから……？」

愛の言った通りだった。

他のユニットと違い、『DiverDiva』は愛と果林二人のユニットだ。

それゆえに次の春には、必然的に愛は一人になってしまうことは避けられない。

それはどうしようもないことであって……

「そっかそっか、カリンは愛さんのことを心配してくれてたんだ。それであんな顔させちゃってたんだね。ごめんごめん、ぜんぜんわかんなかったよ。あんな顔だけに──」

「茶化さないで。私は本当に先のことを考えて──」

果林がそう言い返しかけて。

「ねえカリン」

「？」

「こっち！」

「ちょっと、愛……？」

果林の手をつかんで、愛が走り出す。

突然の行動に果林が困惑しながらもついていくと、愛が向かったのは境内の奥にある開けたスペース。

そしてそこで、果林の目を真っ直ぐに見てこう言った。

「歌おう！」

「え？」

「ほら、カリンもいっしょに！　早く！」

「ちょっと、愛──」

果林が止める間もなく、愛がイントロの部分を歌い始める。

――『Eternal Light』

何度も練習やライブで耳にしたフレーズ。

それが冬の夜空の下に響き渡る。

気づけば身体が動いていた。

愛の隣に並んで、自分のダンスのパートを踊っていた。

（いいわ。付き合ってあげる）

愛が何を考えているのかはわからないけれど、一度始まったステージを何であれ途中で切り上げるのはスクールアイドルとしての果林の矜持が許さない。

愛と競い合うように、自分のパートを歌い上げていく。

交錯する響き。

広がっていく吐息と熱気。

流れる汗が鎖骨の下にある三つのほくろの横を流れる。

それぞれが個性を主張しながらも、二人の歌声は溶け合い、一つになり、より魅力的な旋律を作り出していく。

気づけば曲は中盤に差しかかっていた。

アップテンポのBパートから、ラップパートを経て、盛り上がっていくメロディー。

その心地よいビートを全身で感じながら、果林は思う。

――ああ、もう、これだから愛といっしょにライブをするのはやめられない。

隣で見事なターンを披露する愛に視線を送る。

その大胆でどこまでも自由なパフォーマンスには、いつだって知らずと惹きつけられる。

ソロでやっている時とも、みんなとステージに上がっている時とも違う、『DiverDiva』だけの高揚感。

それは何にも代え難い、愛と果林だけの宇宙だ。

（こういうのを……〝絆〟っていうのかもしれないわね）

そんならしくないことを考えてしまうのも、それだけ愛と作り上げるこのステージが刺激的だからかもしれない。

だけどおそらくだけれど、愛も果林と同じことを考えてくれているんじゃないかと……不思議とそう思えた。

やがて曲はクライマックスを迎える。

そして……

4

「ハア……ハア……」

最後まで曲を歌い終わり、愛は額の汗を拭っていた。

気持ちよかった。

もう最高だった。

肩で息はしていたけれど、全身はやり切った心地よい満足感に包まれている。

愛の隣では、同じように果林が満ち足りたような表情で辺りを見回していた。

いつの間にか、周囲には人だかりができていた。

見知った顔も、知らない顔も、たくさんたくさん。そのだれもが楽しげに目を輝かせながら大歓声を上げてくれている。

(ほんっと、ライブって楽しい……!)

それも果林とやるライブは格別だ。

やっぱり……愛にとって果林はサイコーのパートナーだ。

果林と二人のライブは、他の何とも比べることのできない特別な達成感がある。

躍動感のあるダンス、伸びのある歌声、それに負けることのない堂々としたパフォーマンス。

そのどれもが目をみはるようなもので、特にダンスは、愛も自信がないわけじゃなかったけれど、それでも果林には敵わないと思っている。

（ほんと……カリンはすごい！）

その果林が自分のことを気にしてくれているのは……正直うれしかった。

実際、果林が言ったことはその通りで、彼女が卒業することでユニットが愛一人になってしまうのは事実だ。

そのことがまったく気になっていないかと言われればウソになる。

だけどそれ以上に、愛には確信があった。

果林との間にある……〝絆〟。

だから……愛は言った。

「大丈夫だって」

「え？」

「カリンが愛さんのことを心配してくれるのはすっごくうれしいよ？　でもアタシは心配してない。離れてたっていつだってカリンのことは隣に感じられる。だって」

「——カ、カ、カリンは、戦友だから」

「他のみんなのことはもちろん信頼してるし大好きだけど、こうやってステージの上で背中を預けられるのは、カリンしかいないって思ってる。今までも、これからも」

「愛……」

「だからどんな関係になったって、どこに行ったたって、カリンの存在が愛さんの傍からなくなることなんてない！　どんな時だって、余裕たっぷりにドーンと愛さんの背中を支えてくれてるから！」

学年も、性格も、これまで通ってきた道も何もかもが違う二人。

だけどその根底に流れるスクールアイドルに対する情熱は同じだったたし、違うからこそ新しい発見があったこともある。

いつだって互いに切磋琢磨して、刺激的で、それぞれを高め合うことができる存在。

愛はそんな果林のことが大好きだった。

（それは、愛さんだってほんとはずっとこうやっていっしょにやってたいけど）

でもそういうわけにはいかないことくらいは、愛にだってよくわかっている。

今はめちゃくちゃ楽しくて面白いことばかりだけど、それが永遠に続くものじゃないってことはちゃんと理解している。

それに少しくらい離れていても、きっとこの関係は変わらない。

二人の間にある〝絆〟は、これっぽっちも揺るがない。

それほど、愛にとって果林は――『DiverDiva』は、特別な存在だった。

そう……あの蒼衣と橙子のように、どちらかがいなくなってしまっても、お互いのことを決して忘れることがないくらいに。

「……そうね、そうかもしれないわ」

愛の言葉に、果林が小さくうなずく。

「少し距離が離れてしまうくらいで愛が一人になってしまうなんて、私らしくない甘い考えだったわね。むしろ私がいなくなっても、私の存在感はまったく変わらない……いいえそれまで以上にそこにあるわ。私の存在感に負けないことね」

「えー、愛さんだって負けないって！　もっともっとすっごいパフォーマンスをやって、たっくさんの人に愛トモになってもらってみせるから！」

「ふふ、じゃあ勝負ね」

「うん、勝負だよ！」

真っ直ぐに向き合って、笑い合う。

取り巻く状況や二人のいる場所は、どうやったってこの先変わっていくのかもしれない。

だけどたとえそうなっても、きっと果林とはこの先もこうして競い合っていくのだろう。

それだけは……確実なことに思えた。

（うん、カリンとの関係はずっとこのままだって、しっかりん確信できる！　カリンだけに！）

未来は先の見えないミチなる道だけれど、一つくらい確かなことがあったっていいはずだ。

隣で不敵に笑う果林を見ながら、愛は心からそう思ったのだった。

5

翌日。

果林と愛が部室を訪れると、かすみが壁に飾られた熊手を見上げながら怪訝そうに「むむむ……」と目を細めていた。

「はろはろー、かすみん、何してるの？」

「それが気になるのかしら？」

二人が声をかけるとかすみは振り返って声を上げた。

「あ、愛先輩、果林先輩！　なんなんですか、このでっかい掃除道具は？」

「何って、熊手よ。同好会のこれからのさらなる発展を願って、酉の市で愛といっしょに買ってきたの」

「えー、なんかおかめがこっちをじーっと見てて怖くないですか、これ。かすみんに選ばせてくれればもっとかわいいのにしたのにぃ」

熊手を見上げながらもう一度目を細める。

それを見た二人が顔を見合わせて笑う。

「ふふ、ほんと、かすみちゃんはどんな時もブレないわね」

「うんうん、最初に会った時からぜんぜん変わらないよね、かすみんは」

「え〜、それなんかバカにしてません？」

かすみが不満そうに口をとがらせる。

「してないわよ。いつだってかすみちゃんは素直で、かわいいと思ったのよ」

「そうそう、かすみんはいつ見てもかわいいってこと！」

「え？　そ、それならいいんですけどぉ」

照れたように表情をほころばせながら両手を頬に当てるかすみ。

そんな彼女を、果林は微笑ましく見つめる。

この先どんな変化が起こったとしても、きっとかすみはこのままで、そして彼女が部長を務めるこの『虹ヶ咲学園スクールアイドル同好会』も続いていくのだろう。

そんな未来も楽しいのだろうと……果林は思った。

「こんにちは、みなさん。あれ、これって熊手ですか？」

「すごく大きい。璃奈ちゃんボード『あわあわ』」

「ちょっといやし系の顔のおかめだよね～。見てると眠くなってくるかも～」

部室にやって来たせつ菜、璃奈、彼方が、それぞれ驚きの声を上げる。

そのまったくバラバラな反応もまた、変わらないいつもの同好会の光景であって……

（それも……いいかもしれないわね）

変わるものと変わらないもの。

そのどちらも、きっと大切で必要なものなのだ。

いまだに「うふふ～、やっぱりかすみんのかわいさは日本一ですぅ♪」とニコニコ顔のかすみと、その傍らで熊手についての感想を口にする他の部員たちを見ながら……果林はそう笑ったのだった。


ちなみにこの熊手は、部室に数日飾られた後に、ランジュの「きゃあっ！　これ、すごくいいわ！　気に入ったからランジュの部屋に飾りたいの。いいでしょう？」というそんな一言とともにお持ち帰りされたのだった。

間章

『紅蓮の剣姫④』

「紅姫ちゃん、いっしょに帰ろう？」

「桜さん」

耳心地のよい柔らかな声に呼びかけられて、廊下を歩いていた紅姫は振り返った。

放課後の喧噪の中、そこにいたのは穏やかな笑みを浮かべる優しげな顔の女子生徒と、その隣で同じように親しげに微笑むもう一人の女子生徒だった。

「水音さんも。お疲れさまです」

「ふふ、お疲れさまです、紅姫さん」

そう言って静かに笑う。

――桜と水音。

クラスこそ違うものの同じ学年の彼女たちは、紅姫にとって何よりも大切な存在だ。

いつも一人だった紅姫にとあるきっかけで声をかけてくれて、友だちになりたいと言ってくれた二人。

「今日はどうするんですか、桜さん、水音さん」

「うん、海沿いにある新しくできたカフェに行ってみないかって、水音ちゃんと話してたんだ」

「はい、とても素敵なカフェだと聞きました。フルーツパフェがすごくおいしいという話です。よければ紅姫さんもごいっしょしませんか？」

「いいですね、ぜひ私もお供させてください！」

魅力的な誘いに、即座にうなずき返す。

優しく気遣いが上手な桜と、落ち着いていてしっかりとした水音。

〝レーテ〟を討滅するというその使命からクラスメイトや同級生たちのことを遠ざけていた紅姫にとって……二人は初めてできた友だちだった。

登校途中に会えば笑顔で歩み寄ってきてくれるし、廊下で目が合った時には微笑みかけてくれる。

昼休みにはいっしょにお弁当を食べようと言ってくれるし、こうして放課後に遊びに誘ったりしてくれる。

そんなことはこちらの世界にやって来てから、いや元の世界でも『紅蓮の剣姫』として特別な扱いをされていた紅姫には、初めての体験だった。

「それじゃあ行こっか？　私、イチゴのパフェが食べてみたいな」

「わぁ、いいですね。私はメロン味が気になります。紅姫さんは？」

「え、私ですか？　ええと……」

二人と知り合ってからもう半年以上。

桜と水音は……今では紅姫にとって親友と言ってもいいほどのかけがえのない存在になっている。

夜の帳の中に、鮮やかな紅い灯火が瞬いた。

背中まである髪と、その手に持った長尺の刀を深紅に染めながら、紅姫は真っ直ぐに前を見据えた。

「ここは……通しませんっ！」

眼前に迫っているのは獣型の〝レーテ〟。

それに恐れることなく真っ向から対峙して、刀を振るっていく。

〝レーテ〟との戦闘は、文字通り命がけだ。

内なる熱い決意の炎を燃やし、それを存在の力として具現化することによって、〝レーテ〟の根源を焼き払う。

いわば互いの存在を賭けた戦い。

「――『赤熱炎舞』！」

〝レーテ〟に喰われてしまえば、存在を否定されてしまうのは紅姫も同じだ。

存在そのものを根源から抹消されて、世界から忘れ去られる。

そしてそれは紅姫一人だけのことではない。

だからこそ……一時たりとも気を抜くことなんてできるはずもない。

だけど今は、その決意の力を十分に振るいきれずにいた。

「……！」

紅姫に襲いかかる視界を覆い尽くすほどの小さな生き物。

一匹一匹の力こそは大したことはないものの、その圧倒的な数の力は脅威だった。

（この子たちに罪はありません……！）

〝レーテ〟に操られているだけの小動物たち。

自らの意思で紅姫たちを襲っているわけではない。

ゆえに行動不能にする以上に傷つけないように細心の注意を払いながら、切っ先の炎を最小限に抑えて振り払っていく。

だけど一匹たりとも、この先へ通すわけにはいかない。

だって紅姫の後ろにいるのは……

「紅姫ちゃん……！」

「だ、大丈夫ですか……！」

背中に響いてくるのは、そんな桜と水音の声。

カフェからの帰り道に、〝レーテ〟の襲撃を受けたのは不運という他になかった。

彼女たちを守るためにも……この場は何としても死守しなければならない。

（桜さんと水音さんは、〝可能性〟です……！）

紅い炎を全身にまといながら、心に思う。

（私がいなくなった後にも、紅姫がこの大好きな世界で幸せにあふれた毎日を送っていくための、大切なつながり……）

（そう、私にとっては妹のような彼女が……この身体の中で眠っている彼女が、平穏に暮らしていくための……）

（……）

（……それに……）

（私は何よりも……桜さんと水音さんのことが〝大好き〟なんです……）

（だから……）

「絶対に……二人を傷つけさせるわけにはいきません……っ……！」

そう声を上げて、紅姫(アカヒメ)はさらに前に出たのだった。

第四話
『Nyan×3☆Day』

1

そこはたとえるのなら、天国だった。

天国であり、楽園でありながら、同時に抗いがたい誘惑が交錯する禁断の場所。

「え、ええと……」

戸惑いの声を上げるせつ菜の周りで様子をうかがっているのは、飢えた小さな獣たち。

一度聞いたら忘れられないような魅力的で蠱惑的な鳴き声を上げながら、彼女の手元にある棒状のものを虎視眈々と狙っている。

隙あらば集団で飛びかかってきそうな勢いだ。

「あの、しずくさん、これはどうすれば……？」

「大丈夫ですよ、せつ菜さん。この特製アイスを持ったまま待っていれば、向こうから来てくれますから」

「そう、なのですか……？」

「あ、ほんとだ。ヒザの上に乗ってくれた。ほら見て、かわいいよ、せつ菜ちゃん」

「歩夢さん」

にゃー♪

歩夢のヒザの上で、小さな飢えた獣が気持ちよさそうな鳴き声を上げる。

それを見て安心したのか、周りで様子をうかがっていた他の仲間たちも少しずつ近づいてきた。

やがてせつ菜のヒザにも、一匹の銀黒の縞模様のアメリカンショートヘアがぴょこんと飛び乗る。

「あ……」

思わずその顔がほころぶ。

おそるおそるといった様子でせつ菜がその背中に手をやると、ヒザの上のネコは気持ちよさそうに鳴き声を上げながら目を細めた。

「どうですか、せつ菜さん。ネコちゃんは」

「あ、はい。こうしてじっくり触ることはあまりなかったのですが、かわいいものですね」

「ふふ、ふわふわでやわらかくて、ずっと撫でてたくなっちゃうよね。それにすごくたくさんネコちゃんたちがいる」

頬を緩ませながら歩夢が周りを見渡す。

にゃ～♪

にゃんにゃん♪

にゃお～ん♪

そこには窓際で寝転んでいたり、おもちゃで遊んでいたり、キャットタワーの頂上から悠然とこちらを見下ろしていたりする、たくさんのネコたちの姿があった。

――ネコカフェ『幸せにゃんこ日和』

このお店の名前だ。

その広々とした店内で、歩夢、しずく、せつ菜の三人は、ネコたちとの休日の時間を過ごしているのだった。

「この子はお行儀がいいですね。とてもおとなしいです」

せつ菜が香箱座りをしているネコを見て微笑む。

「あ、喉がすごくごろごろいってる。その子、せつ菜ちゃんのことが大好きなんだよ」

「そ、そうなのでしょうか？」

「ふふ、きっとそうですよ。くつろいでいる表情がお昼寝をしているオフィーリアにそっくりですから」

それぞれヒザの上に乗ったネコを撫でながら笑い合う。

ネコたちもとてもリラックスした様子だ。

どうしてこの三人でネコカフェに来ているのかというと……

「どうでしょうか……！」

撮影したばかりのシーンが映し出されたビデオカメラのディスプレイを前に、せつ菜が前のめりに尋ねた。

「この場面での紅姫を……私は十分に演じ切れているでしょうか？　足りないところはないでしょうか？　みなさんの率直な意見をお聞きしたいです！」

「うーん、大丈夫じゃないかな。ちょっとだけ不自然なところはないとは言えないけど、それは仕方ないっていうか……」

再度再生された画面を見ながら侑が言う。

けれどそれを聞いたせつ菜は首を横に振った。

「いえ、それではダメです！　迫りくる何百匹もの操られたネコたちをいなしながら、大切な友だちである桜と水音たちを守るという使命のもとで葛藤する紅姫の心情を、もっとリアルに表現できなければ……！」

「うーん、私はせつ菜ちゃんの演技、素敵だと思うけどなあ」

「そうですね、この条件ではこれがベストなパフォーマンスではないかと……」

歩夢としずくも顔を見合わせてそう言う。

今、撮影をしているのは……紅姫がネコ型の〝レーテ〟と、それに操られて襲いかかってくるネコの大群に囲まれるシーンだった。

数十匹、数百匹とも思える画面を埋め尽くすほどの数のネコたちを前に、大切な友だちを守るために必死に立ち向かう紅姫。

せつ菜いわく原作でも屈指の盛り上がるシーンとのことだ。

とはいえ実際にそれだけの数のネコを集めることは当然できなかったため、ひとまずは生徒会お散歩役員ことはんぺんに出演をお願いして、他のネコについては後から璃奈がＣＧで追加することになっていたのだった。

なのでこの場に存在する本物のネコははんぺん一匹だけなのであって……

にゃ〜。

機材担当の璃奈にアゴを撫でられながらはんぺんが気持ちよさそうに鳴く。

そんなのんびりとした空気とは裏腹に、せつ菜は口元に手を当てながら「やはりここはもっと大量のネコに囲まれた緊迫感をきちんと見せるようにして……いえ、それよりもそもそも動きの大胆さが……」と考えこむ様子を見せていた。

「あの……それでしたら、こういうのはどうでしょうか？」

と、しずくが遠慮がちに手を上げた。

「せつ菜さんが気にしてらっしゃることはわかります。たくさんのネコに囲まれた紅姫の演技をいかにリアルに追求するか……それを踏まえて、やはり演じる上で大切なのは、その状況を経験してみることが一番だと思います。なのでネコがたくさんいる場所に実際に行ってみるというのは……」

「そんな場所があるんですか！」

その言葉にせつ菜が勢いよく食いつく。

「は、はい。私も一度行ったことがあるだけなんですけれど……」

「でしたらそこに行ってみたいです！　理想の紅姫のためなら、たとえ火の中水の中であっても、一命を賭して不退転の覚悟で赴くつもりですから……！」

「そ、そこまで大変なところじゃないんじゃないかなー……」

瞳の中に炎を浮かべて気合いの声を上げるせつ菜に、歩夢が困ったような笑みを浮かべた。

「わかりました。それでは今度の日曜日はどうでしょうか？　よろしければご案内します」

「はい、ぜひ！　よろしくお願いします！」

元気よくそう答えるせつ菜に。

「よかったら歩夢さんもどうですか？」

「え、私も？」

「ええ、せっかくですから。桜の役柄を理解するのにも役立つと思いますし、何より楽しいと思いますので」

「あ、そうだね。だったら私も行こうかな」

にっこりと笑ってそう答える歩夢。

「わかりました。それでは日曜日の一時に最寄りの駅に集合でお願いしますね、せつ菜さん、歩夢さん」

「はいっ!」

「楽しみにしてるね」

笑顔でうなずき合う三人。

その傍らでは、はんぺんがゆっくりと瞬きをしながら小さく「にゃ～」と鳴いていたのだった。

2

そして今日、歩夢、しずく、せつ菜の三人で、このネコカフェ――『幸せにゃんこ日和』にやって来ているのだった。

「どう、おいしい？　ふふ、このネコちゃんアイス、お肉味とお魚味があるんだね」

「とてもおいしそうに食べていますね！　こちらの子はネコじゃらしで遊ぶのも大好きみたいです！」

「ほら、おいで。ふふ、そんなところを舐めたらくすぐったいです」

三者三様にネコたちと戯れるせつ菜たち。

おやつの猫アイスを食べる姿をほっこりと眺めたり、おもちゃで遊んであげたり、抱き上げてあげたりと、色々だ。

「あの子、ちょっとかすみさんに似ていませんか？」

と、窓際でちらちらと三人の方を見ながらかわいく伸びをしていたネコを指して、しずくが言った。

「かわいい動きとか人懐っこそうなところとかそっくり。写真を撮ってかすみさんに送ってあげよう」

「言われてみればみなさんに似ているネコがいますね。あ、見てください、あちらの子は栞子さんに、こちらの子は果林さんに似ている気がします！」

「ふふ、あの子は侑ちゃんみたい。鎌倉でやった『ニジガクGO!』を思い出すね」

次々とネコを指さしながらせつ菜が声を上げて、歩夢がうれしそうに笑う。

それぞれがそれぞれで、しっかりとネコカフェを堪能しているようだった。

「そういえば、侑さんはごいっしょできなくて残念でしたね」

と、せつ菜が言った。

「うん。編集作業が忙しくてどうしても今日は来られないんだって。せつ菜ちゃんにごめんなさいって伝えてほしいって……」

「いえ、とんでもないです！　侑さんは色々な面で支えてくださっているんですから、それだけで十分です……！」

　顔の前でぶんぶんと手を振るせつ菜。

　せつ菜としてはもちろん侑が来てくれればとてもうれしかったけれど、『紅蓮の剣姫』や同好会の様々な作業で毎日目が回るほど忙しいことは見ていてよくわかっていたため、それ以上を望むべくもなかった。

　それよりもむしろ侑への負担を少しでも減らすためにも、早急に自分の課題を解決しなければならない。

　改めてそのことを確認すると、せつ菜は真剣な表情で歩夢としずくの方へと向き直った。

「あの、それで本題なのですが……」

「あ、うん」

「はい」

「改めて、紅姫の演技、お二人から見てどうでしたでしょうか？　思ったことや気になったことがあればぜひうかがいたいです」

せつ菜のその問いに。

「うーん、私はやっぱり素敵だったと思うけど……」

「そうですね……せつ菜さんはできる範囲で最大限の演技をされていたと思います。目の前にない状況を演じるというのはとても難しいことですから」

「そうですか……」

せつ菜が声を落とす。

いまいち納得していない様子だ。

それを見て、しずくは言った。

「とはいえ演技の質をできる限り向上させたいというせつ菜さんの気持ちはとてもよくわかります。芸事の道の追求に終わりはありませんから」

「は、はい、そうなんです！」

「そうすると、まず第一に必要なたくさんのネコに囲まれた状況というのは今まさに体験できたと思います。ですのであとは……」

そこでしずくはせつ菜の顔を見ると。

「こ、ここはせ、せつ菜さん、も、ネコにな、なってみ、みるのは、ど、どうでしょ、しょうか？」

真面目な顔でそう言った。

「……」

「……」

「ええと、ネコになる、ですか……？」

「はい。お芝居をするにあたって、相手役を経験してみるということはとても大事なんです。役というものは単独で成り立っているわけではなくて、相手役との掛け合いで成立するものだというのがその理由なのですが……」

その言葉に、せつ菜が納得したように大きくうなずく。

「なるほど……！　つまり今回の場合、ネコ型〝レーテ〟——すなわちネコになりきることで、その気持ちを理解することが大事ということでしょうか？」

「さすがせつ菜さん、その通りです！」

我が意を得たりという表情でしずくが手を合わせる。

「わかりました！　そういうことなら望むところです！　全力で立派なネコになってみせましょう！」

ぐっと拳を握りながらせつ菜は勢いよく立ち上がって。

「——というわけで、さあ、いっしょにやりましょう、歩夢さん！」

「え、わ、私もやるの……？」

「はい！　歩夢さんもよりよい桜を演じるために、ぜひ！」

「う、うーん……」

歩夢は少し迷っていたようだったけれど、やがて何か覚悟を決めたかのように小さくうなずいた。

「わ、わかったよ。映画を成功させるためだもんね。が、がんばってみる……！」

「その意気です、歩夢さん！」

「じゃ、じゃあ……え、ええと……」

「……」

「……」

せつ菜としずくの視線が集まる中、歩夢は胸元で手を丸めると上目遣いになって。

「……わ、私はネコちゃんだよ……？　……にゃ、にゃ～ん……」

ほとんど聞こえるか聞こえないかくらいの小さな声で、そう口にした。

「……」

「……」

「だ、だめ、かな……？」

「いえ、とても歩夢さんらしいかわいらしいネコちゃんでした！」

「そ、そっか、ありがとう――」

「ですが欲を言えばもっとネコに入りこんだ歩夢さんも見てみたいです！　歩夢さんの可能性ならまだまだもっと先に行けるはず……！　――そうだ！　あれですよ、歩夢さん！」

「え、な、なに、せつ菜ちゃん」

戸惑いの表情を見せる歩夢に、せつ菜は言った。

「〝あゆみゃんだにゃん♪〟ですっ」

「え、ええっ⁉」

「侑さんから聞きました。オリジナルは〝あゆぴょんだぴょん♪〟とのことですが、とてもかわいらしかったと」

「うう……侑ちゃん……」

歩夢が少しだけ恨めしげな声を上げる。

あの時のことは、いまだに歩夢にとって悩ましい思い出の一つだった。

「大丈夫です！　歩夢さんを一人にはさせません。私はせつにゃになりますから！」

「え、えええ……！」

「というわけで、私は今からせつにゃです！」

そこでせつ菜――いやせつにゃは身を乗り出すと。

「せつにゃ☆スカーレットストーム！　にゃんっ！」

「そ、そんなこと、真顔で言われても……」

「ほら、歩夢さんも！　いえ、あゆみゃん！」

「で、でも……」

「さあ、どうぞ！」

「う、うう……あ、あゆみゃんだにゃん……にゃん……」

消え入りそうな声を上げながら、ネコパンチを突き出してきたせつ菜と拳を合わせる。

重ねられるネコパンチ。

周りのネコたちがそのやり取りを不思議そうな顔で見上げていた。

「お二人とも本気ですね……こうなったら私も負けていられません！」

そんな二人を見ていたしずくは、そう熱のこもった声でぐっと手を握りしめると。

「歩夢さんとせつ菜さん、お二人に引けを取らないネコちゃんを演じきってみせます。――にゃん♪」

「わ、すごい。ネコちゃんの鳴き声そっくり……」

「さすがはしずくさん――いえしずにゃんです！」

「ふふ、まだまだこれからですよ。——にゃにゃにゃにゃにゃ〜♪」

にゃ〜♪

にゃおーん♪

にゃんっ♪

しずくの声に、ネコたちが一斉に反応する。

「わ、カフェ中のネコちゃんたちがしずくちゃんのところに集まって……」

「あ、圧倒的なネコ力です！　もはやネコそのものと言っても過言ではありません。私も見習わなければ……！」

完全にネコになりきったしずにゃんの隣で気合いの炎を燃やすせつにゃ。

「え、ええと……」

その二人に挟まれてどうしていいかわからないという顔でおろおろするあゆみゃん。

「ここからはしずにゃんの見せ場です。にゃにゃにゃにゃにゃにゃにゃにゃ〜ん♪」

「にゃにゃんっ、今日もまた世界を救ってしまいました！　にゃんっ！」

「……あ、あゆみゃんだにゃん……にゃん……にゃん……」

そんな声が響き渡り、お店の名前通り、店内はネコとネコに扮した三人の鳴き声に包まれたハッピーニャンニャンな空間になったのだった。

3

「は、はぁ……」

お店の隅にあるクッションに座りながら、歩夢は深く息を吐いた。

どっと疲れた心地だった。

もしかしたらライブの後よりも疲れているんじゃないかっていうくらい、何か大事なものを失ってしまったかのような疲労感を歩夢は全身で感じていた。

（うう……あゆみゃん……）

それは〝あゆぴょん〟以来の衝撃だった。

目をつむると〝あゆみゃん〟のにゃんにゃんな余韻が頭の中をぐるぐると駆け回る。

思い出すだけで恥ずかしさから熱くなる頬を小さく押さえながら、〝あゆみゃん〟だった自分を忘れるべく、買ってきた飲み物を手に辺りを何となく眺める。

たくさんのネコたちとお客さんで賑わう店内。

どのお客さんも、ネコたちも、とても楽しそうだった。

ふと視線をお店の奥に移すと、その先ではせつ菜としずくが話をしているのが目に入った。

ネコたちといっしょに『紅蓮の剣姫』のシーンを再現したり、せつにゃとしずにゃんになりきって笑い合ったりしている。

（よかった。せつ菜ちゃん、ちょっと元気になったみたい）

その姿に、少しだけ胸の奥が軽くなる。

せつ菜がこの『紅蓮の剣姫』をやるにあたってだいぶ前から色々と悩んでいることは、歩夢も気づいていた。

同好会での活動中は普段通り元気で前向きで大好きにあふれる彼女だったけれど、ふとした瞬間に何かを考えこんでいる姿が多くなった。

それだけじゃなくて、練習が終わった後に一人居残り練習をしていたり、脚本についてしずくや他の部員たちに質問をしたりしているところも多く見るようになった。

彼女はいつだって一生懸命で、責任感がすごく強いから、きっと主役をやることに少なからずプレッシャーを感じているんだと思う。

それとこれは侑が言っていたことだけれど、おそらくこの作品のテーマとなる部分について迷っているんじゃないかと……

「……」

せつ菜に色々悩むことがあるだろうということは歩夢にもすごくわかる。

でも今回の演技だって、歩夢から見れば十分にうまくやっているように見える。

少なくとも、あそこまで悩むようなことじゃないんじゃないかとも思う。

そのことはしずくも認めているのに、それでもより理想的な紅姫（アカヒメ）を目指して、努力と向上を少しも怠ることはない。

（せつ菜（な）ちゃんはほんとすごいなぁ……）

今回の件に限らず、せつ菜（な）はいつだって一生懸命だ。

スクールアイドルとしてのパフォーマンスは同好会の中でも際立（きわだ）っているのに、練習量も研究量も人一倍多い。他のだれよりも努力に努力を重ねて、常によりよいスクールアイドルになるべく試みを続けている。

それだけじゃなくて、成績はいつもトップクラスだし、〝中川菜々（なかがわなな）〟として生徒会長の責務も精力的にこなしている。

そして何よりすごいのは……本人はその努力を当たり前だと思っていることだ。

努力を努力と思わずに続けられる情熱。

それはもう才能と言っていいと思う。

そんな直向（ひたむ）きなせつ菜（な）に対して何かをしてあげたいと、彼女の大好きを実現するための力になってあげたいと考えてしまうのは……メンバーみんなの共通の思いだった。

（応援……したくなっちゃうんだよね）

もちろん歩夢（あゆむ）も、同じ気持ちだ。

せつ菜はもともとは憧れてその背中を追っていた存在だったけれど、同好会での日々やスクールアイドルフェスティバルなどのイベントを経て、今では仲間と言い合える関係になっている。

仲間で、ライバル。

ライバルだけど、仲間。

せつ菜とは、同好会のみんなとは、そういう関係だ。

（それに……）

せつ菜には……侑と少し気持ちがすれ違ってしまっていた時に、助けてもらったこともある。

彼女の真っ直ぐな言葉が、迷っていた歩夢が走り出すきっかけになってくれた。

あの時のことは今思い返すとちょっとだけ恥ずかしいけれど、でもその恥ずかしさを含めて、決して忘れることはないと思う。

あの時から、せつ菜との距離が少しだけ近くなったのかもしれない。

同じ二年生ということもあって、何気ないことを話したり、いっしょに行動をしたりすることも増えた。

こんなこともあった。

少し前に、せつ菜と二人でヒーローショーに行ったことがあった。

以前に侑としずくのことを尾行——もとい、侑の体調が心配で見守ろうとこっそり追いかけた際に、ドームシティで見た特撮ショーが面白かったとせつ菜に話したところ、誘われたのだ。

『でしたらぜひ他のヒーローショーにも行きましょう！　絶対に歩夢さんもハマっちゃいますから！』

そう目を輝かせながらぎゅっと手を握られて迫られたら、首を縦に振る以外の選択肢なんて歩夢にはなかった。

その言葉通り、ヒーローショーはやっぱりとても面白かった。

自分だけだったらきっと触れることのない、すごく新鮮な体験。

でも何よりも歩夢の心に響いたのは、その時のせつ菜の反応だ。

『はぁ……最高でした！　子どもたちの窮地にヒーローがさっそうと駆けつけるシーンがもう胸熱で！　何回見ても胸の奥で燃えたぎるマグマのように熱いハートが限界突破してしまい止まりません！』

ほくほく笑顔で熱くそう語りながら、帰りの道中で、せつ菜はずっと変身ポーズの再現をしていた。

思わず歩夢が笑ってしまうと、彼女は我に返ったように慌てた表情になった。

『あ、す、すみません！　さっきのクライマックスシーンがとても熱かったので、次のライブのダンスの振り付けに使えないかと思いまして……』

『うん、すごくかっこよかったよね』

『で、ですが、時と場所を考えなければ……ですよね。さすがに道では注目を集めてしまいますので……』

『ううん、だいじょうぶだよ。続けて』

『え、ですが……』

『私ももっと、せつ菜ちゃんの変身ポーズ、見てみたいな』

『あ……』

その時の彼女の、うれしそうな子どものような笑顔は忘れられない。

〝せつ菜ちゃん〟は本当に真っ直ぐで、純粋で、いつだってまぶしい。

いっしょにいると木漏れ日みたいにキラキラとした〝大好き〟が伝わってくる。

〝大好き〟って、とても素敵な言葉だと思う。

自分の中にある大切な何かを、無限の〝可能性〟を、周りのみんなと分け合うことができる魔法の言葉。

〝大好き〟を語る時のせつ菜は、すごくいい顔をしている。

いい顔で、とても魅力的だ。

そんなせつ菜のことが……歩夢は大好きだった。

（せつ菜ちゃんの〝大好き〟を、いっしょにみんなに伝えられたらいいな……）

だからこそ、今回の『紅蓮の剣姫』のミニフィルムは成功させたかった。

せつ菜の大好きな作品。

歩夢自身、演技にはそこまで自信はなかったけれど、それでもせつ菜のために少しでも何かの助けになれればいいと思う。

（うん、がんばろう）

ぎゅっと手を握って、心の中でそうつぶやく。

それは歩夢の中の、確かな思いだった。

「歩夢さーん、ちょっといいですか？」

「あ、はーい」

と、そこでしずくたちに呼ばれて立ち上がる。

「これからネコちゃんたちとのチェキタイムが始まるそうです。よかったら歩夢さんもどうですか？」

「あ、楽しそう。うん、撮りたいな――」

「いっしょに撮りましょう、あゆみゃん！」

「だ、だから、あゆみゃんはやめて～……」

どんな時でもせつ菜のためにがんばりたいという気持ちに変わりはない。

それでも〝あゆみゃん〟だけはできればこれっきりにしてほしいなと……心の中で少しだけ思う歩夢なのだった。

4

「それではこれより、ネコちゃんたちとのチェキタイムになりまーす。いっしょに写真を撮りたい方たちはこちらにお集まりください」

店員さんの言葉に、お店の中のお客さんたちが集まっていく。

チェキタイムとは、文字通り店内のネコたちといっしょにチェキ——写真を撮るものだ。

チェキ自体はスクールアイドルとしてファンたちと撮ることもあるため、三人にとってはある意味で慣れ親しんだイベントだった。

「さあ、いっしょに撮りましょう、あゆみゃん！」

「だ、だから、あゆみゃんはやめて～……」

ふとしずくが隣を見ると、せつ菜と歩夢がそんなことを言い合っていた。

ノリノリで〝せつにゃ〟になりきっているせつ菜と、恥ずかしそうに小さくなりながらも〝あゆみゃん〟を演じようとしている歩夢がとても対照的だ。

だけどそんな二人はとても仲が良さそうで、見ていると思わず笑みがこぼれてしまうのをしずくは抑えられなかった。

（やっぱり歩夢さんとせつ菜さんの組み合わせは絵になります……！）

目の前の光景を見ながら、しずくは改めてそううなずく。

ずいぶん前からこの二人はお似合いだと、しずくはそう思っていた。

穏やかで控えめな歩夢と、ハキハキとしていて積極的なせつ菜。

二人とも一見するとぜんぜん違う性格のように思えるのに、努力家でこつこつと物事を積み重ねることが得意なところや、実は芯が強いところなどはよく似ている。

また二人ともそれぞれ物語のヒーローとヒロインのようだったり、どちらもゲーム好きだったりするところも共通している。

そんなせつ菜と歩夢と同じ時間を過ごしているのが、しずくは心地よかった。

せつ菜とは、同好会に入部した時からの付き合いだ。

最初の同好会……部員が、せつ菜、かすみ、エマ、彼方、しずくの五人だけだった時から、スクールアイドルとしていっしょに活動している。

（もうあれは半年以上前のことなんですよね……）

それなのにまだぜんぜん最近のことのように感じられるのは、それだけこの半年間がめまぐるしく過ぎ去っていったからだろう。

その時からすると、せつ菜はだいぶ変わったように思える。

当時から真面目で真っ直ぐで努力家なところは変わらないけれど、あの時はなんていうか今よりもっとストイックな面が強く出ていて、少し周囲に壁を作っているようなイメージがあった。

同好会の活動中以外はメンバーたちと交流をすることもほとんどなかったし、実際その正体が生徒会長の中川菜々だということも、しずくたちは知らなかった。

今思えばそれは……彼女が自分の中の〝大好き〟の狭間で一人葛藤していたからなのだとわかるのだけれど。

そんなせつ菜とこうしていっしょにお休みの日にネコカフェに来ることになるなんて、考えてみれば不思議な巡り合わせだと思う。

(でも人と人との関わりって……そんなものかもしれませんよね)

他の同好会のメンバーたちだって、それぞれ紆余曲折があって今の関係になったのだから。

一方の歩夢とは、今の同好会ができてから知り合った。

最初の同好会が活動停止からそのまま廃部になってしまったことに困惑していた時に、侑と共に訪ねてきたのが最初。

学年は違っていたけれど、ふんわりとした空気が印象的で、周りへの気配りがとても上手で、しずくはすぐに彼女のことが好きになった。

(歩夢さんといると、なんだかすごくホッとします)

そこにいるだけで、周りのみんなを落ち着かせて笑顔にしてくれる雰囲気が彼女にはあると思う。

またオフィーリアともいっしょに遊びたいと言ってくれたのもうれしかった。

歩夢のことは今では頼りになる先輩として信頼しているし、また同時にスクールアイドルという同じ夢を追いかける大切な仲間だとも思っている。

「ほら、歩夢さん！　せっかくですから同じポーズをとりましょう！　頭の横に手を当ててニャンニャンです！」

「う、うん……にゃ、にゃんにゃん……」

「もっと元気よくいきましょう！　歩夢さんのネコ、とても可憐でかわいらしくて私は大好きです！　毎日見ていたいくらいです！」

「ま、毎日って、も、もう、せつ菜ちゃんったら……」

その二人は、それぞれのヒザの上にネコを乗せつつ、自分たちもネコのポーズを取りながら並んでチェキを撮っていた。

お互いに顔を近づけたり、二人の手を合わせてハートを作ったりしていて、やっぱりとても仲がいい。

（お二人とも素敵です……！）

最初は二人のそんな姿を見ていられるだけでよかった。

今でこそ三人でいっしょにユニットを、『A・ZU・NA』で活動をしているけれど、当初のしずくの考えでは、せつ菜と歩夢の二人だけで組むことを想定していた。

だってこの二人だったら、絶対に素敵なユニットになると思ったから。

想いを伝えられない野獣と少女のお話から始まって、そこからイメージの翼はどんどん広がっていき、せつ菜も歩夢もそれを面白いと言ってくれた。

もともとは自分の小さな夢から始まった〝可能性〟を、受け入れてもらったことがすごくうれしかった。

だからかもしれない。

自分の夢を周りに重ねているだけだというランジュの言葉を聞いた時……動揺してしまったのは。

それが自分に向けて言われているものではないということは頭ではわかってはいたけれど、それでもその言葉は胸に刺さった。

たぶん……少なからず自覚はあったから。

ともすればいつだって一歩引いたところから物事を俯瞰して見ていて、自分はその世界の外にいるということ。

自分だけで満足して、何も生み出せていない。

それは以前に抱えていた、自分をさらけ出すことができていないという悩みと、根っこは同じだったのだと思う。

（かすみさんのおかげで、ありのままの本当の自分を受け入れることはできたけれど……）

だけどどこか相手の望む理想の受け答えをしようとしてしまったり、その場に合った最適の行動をとろうとしてしまうクセは、残ったままだったのだと思う。

でも。

あの時の三人での即興劇を経て、せつ菜と歩夢といっしょにユニットをやることになって、それは変わった。

自由な心で思い切って踏み出せば、これまでになかった新しい景色を見ることができる。

世界には無限の選択と〝可能性〟が広がっているのだということを、身をもって知ることができた。

そのことを教えてくれたせつ菜と歩夢の二人は……やっぱりしずくにとって特別な存在だ。

（お二人といっしょなら、私も新しい世界に挑戦できる気がします）

だから……今日もまた、しずくは踏み出すのだ。

その向こうにある新しい〝可能性〟に向かって。

「わかりました。それでは私たち三人で――あゆみゃんさんとせつにゃさんとしずにゃんの三人で、ネコちゃんたちといっしょにチェキを撮りましょう」

「はい、ぜひですにゃ！」

「だ、だからあゆみゃんは……うう……にゃん……」

二人の対照的な反応に思わず笑みがこぼれる。

だけどその奥に流れる何かを共有しているような空気が……この三人でいる時の柔らかで落ち着く時間が、しずくにはやっぱりとても心地よいのだった。

5

「今日は楽しかったですね！」

辺りが夕陽で染まるネコカフェからの帰り道。

途中で買ったクレープを笑顔で頬ばりながら、せつ菜はそう言った。

「ネコたちはとてもかわいかったですし、お二人がネコになりきった姿も素敵でした！　しずくさんのしずにゃんも、歩夢さんのあゆみゃんもこの目にしっかりと焼きついていますーっ！」

「そうですね、にゃんにゃん、です♪」

「うう……あゆみゃん……にゃん……にゃん……」

それにしずくは微笑みながらうなずき返して、歩夢は小さくつぶやきながら頭を抱える。

その反応に、せつ菜は何と言っていいかわからず苦笑を浮かべた。

歩夢の〝あゆみゃん〟はとても似合っていてかわいいとせつ菜は思ったのだけれど、どうやら本人には少し思うところがあるみたいだ。

なのでひとまずそれには触れないでおこうと決めて、話題を変えた。

「ですが本当に今日は助かりました！　おかげさまでネコたちが周りにいるイメージもつかめましたし、ネコの気持ちを理解することもできました。これでより正確な紅姫(アカヒメ)を再現することができるはずです！」

付き合ってくれた二人には心から感謝だった。

ネコカフェ自体せつ菜(な)にとっては初めての経験だったし、演技に対する理解もずっと深まったと思う。

とても有意義で、そして楽しい一日だった。

「ふふ、お役に立てたのならよかったです」

「……うん、ならよかったよ……にゃん……」

にっこりと首を傾けるしずくと、まだ〝あゆみゃん〟を引きずりながら力のない笑みを浮かべる歩夢(あゆむ)。

そういえば……と思う。

以前にせつ菜(な)が生徒会長――菜々(なな)であることが栞子(しおりこ)に露見してしまった時に、いっしょにいたのが歩夢(あゆむ)としずくの二人だった。

あの時は二人とも、必死になってそのことを隠そうとしてくれた。結果的には栞子(しおりこ)に理解があったことから大事には至らなかったけれど、それでも二人の気持ちはうれしかった。

それだけじゃなくて、想定外のアクシデントからスクールアイドルフェスティバルが延期になりそうになった時に最初にせつ菜のところに駆けつけてきてくれたのもまた、歩夢としずくの二人だった。

(ふふ、なんだか……不思議な縁ですね)

性格も考え方も違う三人。

だけどどこかいっしょにいることがとても自然に感じられて、同じ時間を過ごすことが以前よりも多くなっている。

それは三人でユニットを組んでいるということも影響しているとは思うけれど……それだけではない何かがそこにあるようにも思えた。

(ええ、戦隊ものでも、ライトノベルでも、アニメでも、生まれもった宿命の下にまったく共通点のないメンバーが集まることはよくありますし!)

他ならない『紅蓮の剣姫』もそういったストーリーだ。

そう考えると少しだけワクワクする。

きっと何かの運命とか巡り合わせとかによってこの三人は引き合わされたのだと思うと、胸の奥がドキドキしてくる。

だってその方が、楽しい。

「また何か困ったことがあったら、遠慮なく相談してくださいね、せつ菜さん」

「うん、私たちでよければいつでも聞くから」

「はい、ありがとうございます！」

しずくと歩夢の言葉に大きくうなずき返す。

この三人でなら、これまでにできなかった新しい挑戦ができるような気がする。

他のメンバーたちといる時とはまた違う〝大好き〟を追求することができるように思える。

今日、〝せつにゃ〟になることができたように。

そんな無限の〝可能性〟に満ちたワクワクするような期待感を、せつ菜は胸に抱いているのだった。

「そうだ、歩夢さん、せつ菜さん、まだお二人ともお時間はありますか？」

と、しずくが二人の顔を見ながら言った。

「？　私は平気だよ」

「私も大丈夫です。夕飯までに家に戻れば問題ありませんから」

「そうですか。でしたら少し寄り道していきませんか？　この近くに、おいしい甘味処があるんです」

にっこりと笑いながらそう提案するしずく。

「わあ、行ってみたい」

「ぜひお供します！」

声をそろえてそう返す。

どうやらこの〝可能性〟に満ちた一日はまだ終わらないみたいだ。

甘味処という新たな胸躍る可能性に向けて、せつ菜は歩き出したのだった。

――ちなみにこれは後日談。

この時に体験した〝せつにゃ〟としての時間のおかげで、件のシーンの再撮影はこれ以上ないくらいにうまくいったのだった。

「すごいすごい！　まるでそこにたくさんのネコがいるみたい！　それにせつ菜ちゃんの演技がなんか神がかってる！　ときめいちゃった！　ネコカフェで何があったの⁉」

侑の大絶賛に、せつ菜が胸を張ってこう答える。

「はい！　とても得がたい体験をしてきましたので！」

「え、え、何をしてきたの？　教えて！」

「それは……」

問われたせつ菜は歩夢としずくの方をちらりと見る。

それを受けてしずくが「にゃんにゃん♪」と両手の指を二本立てて返して、歩夢は「うう……あゆみゃん……」と頭を抱えてうわごとのようにつぶやいていた。

そんな二人に向けてうなずき返した後、せつ菜は笑顔でこう答えたのだった。

「――はいっ！　あゆみゃんと、しずにゃんのおかげですっ！」

間章

『紅蓮の剣姫⑤』

「はあ……はあ……」

目の前で燃え尽きる龍型〝レーテ〟を見下ろしながら、紅姫は肩で息をしていた。

強敵だった。

かろうじて倒すことができたというのが本音だった。

あらかじめ相手の能力の情報を得ていなければ、やられていたのは紅姫の方だったかもしれない。

痛めた肩を押さえながら残り火に目をやる。

ここにきて残りの〝レーテ〟が、明らかに強くなってきているような気がする。

それはやはり〝王〟に近づいてきているからなのか……

「やりましたね、紅姫先輩！」

と、後ろからそんな場違いに明るい声がかけられた。

紅姫が振り返ると、そこにいたのは背の低い制服姿の少女。

うれしそうに声を上げながらぴょんぴょんとその場で飛び跳ねている。

「萌黄さん」

「どうでした、萌黄の情報、役に立ちました？」

彼女は——萌黄。

紅姫のことを手助けしてくれている、同じ学園の一年生だ。

以前に〝レーテ〟を討滅しているところをたまたま見られてしまって以来、〝レーテ〟の捜索を手伝ってくれている。

紅姫としては危険があるためあまり関わってほしくなかったのだけれど……

『だってそんな危ない怪物がそのへんをふらふらしてるんじゃ、おちおち甘いものも食べてられないじゃないですか！　だから紅姫先輩のことを手伝います！』

と言って聞かないのだった。

そして手伝ってくれているのは萌黄だけではなくて……

「大丈夫だった、紅姫さん？」

「お疲れさま～、紅姫ちゃん」

「ケガとかしてないかな？」

萌黄の後ろから現れた、三人のやはり制服姿の少女たち。

萌黄のクラスメイトである真白、部活の先輩である紫陽と若葉だった。

彼女たちも、事情を知って、萌黄と同じように紅姫に協力してくれているのだった。

「今回はけっこう苦戦してましたねぇ。あのヘンなトカゲみたいなの、つよつよだったんですか？」

「ということはもうお腹(なか)ぺこぺこだよね～？　紫陽(シヨウ)ちゃんがおいしいホットドッグを作ってあげる～」

「あ、ヒザのところ、すりむいてるよ。ちょっと動かないで。消毒して絆創膏(ばんそうこう)を貼るから」

「痛そう。平気？」

桜(サクラ)や水音(ミズネ)とはまた違う関係性の……だけど今や紅姫(アカヒメ)にとって大切な仲間。

四人にはそれぞれ役割があって、萌黄(モエギ)は主にその人懐(ひとなつ)こい性格を活(い)かしての情報収集、ネットや機械に強い真白(マシロ)はオンラインでの補助、料理上手な紫陽(シヨウ)は放っておくとなおざりになりがちな紅姫(アカヒメ)の日頃の健康管理など、母性と癒やしにあふれた若葉(ワカバ)は紅姫(アカヒメ)がケガなどをした時に簡単な手当などをしてくれる。

　それぞれの得意分野を活(い)かしたサポートはとても有用で、紅姫(アカヒメ)は何度も助けられていた。

「ふふ～、それにしてもいつ見ても私たちの連携はばっちりですねぇ。こういうのを何て言うんでしたっけ、七転八倒(しってんばっとう)？」

「うーん、それを言うなら二人三脚かな、萌黄(モエギ)ちゃん」

「あ、そ、そうとも言うかもしれませんね？　まあ、知ってましたけど」

「私たちは紅姫(アカヒメ)ちゃんを入れて五人だから、五人六脚だね～」

「それ、すごく強そう」

そう言って笑い合う四人と紅姫。

各々の役割分担が色々な意味でハッキリしているというか、バランスがよく、とても〝調和〟の取れた四人だった。

「とはいえ今回紅姫先輩が勝てたのは、やっぱり萌黄が身体を張って入手した事前情報があったからですよね。えっへん」

「え～、紫陽ちゃんの手作りのカツカレーを食べてくれたからじゃないかな～？」

「昨日の夜にやった膝枕、リラックスできたかな？　今日もやる？」

「ネットであらかじめこの場所の人払いをしておいたの、役に立った？」

そして四人はとても仲が良い。

言っていることはバラバラでいまいちお互いの話を聞かないところもあるけれど、それでもいざという時にはびっくりするほどの連携を見せるし、何より四人ともマイペースなだけでみんなとてもいい子たちだ。

そんな萌黄たちの賑やかな姿を見ていると、紅姫も自然と笑顔になってくるのだった。

「ま、でも紅姫先輩は無事でしたし、勝ててよかったです。というわけでとりあえず今日は帰りましょうか。もう夜も遅いですし」

そう言って、萌黄が歩き出そうとした時のことだった。

「あれ……？」

と、ふいに萌黄が訝しげな表情で紅姫を見た。

「ん、どうしたの～、萌黄ちゃん」

「いえ、その……」

「？」

「ええと……」

言いにくそうに言葉を詰まらせた後。

紅姫を見たまま……こう口にした。

「この人……だれでしたっけ？」

その言葉に三人が顔を見合わせる。

「え？」

「だれって、紅姫ちゃんだよね？」

「急にどうしたの～？」

怪訝な顔で萌黄を見る三人。

その視線に萌黄が我に返ったようなハッとした表情になる。

「え……あ、そ、そうですよね！　紅姫先輩じゃないですか。私、なにを言ってるんだろう……」

「だいじょうぶ、萌黄ちゃん？」

「もうお眠なのかな？」

「紫陽ちゃんの枕、使う～？」

「あ、あはははは――……」

真白たちの気遣うような言葉に、気まずそうに笑って返す萌黄。

だけどその表情にはどこか釈然としないものが残ったままで……

「……」

その様子を、紅姫が何かに耐えるような目で静かに見つめていたのだった。

第五話 『つながりのその先へ』

1

「プロモーションイベントをやりましょう！」

かすみのそんな元気いっぱいな声が、放課後の部室に響き渡った。

「プロモーションイベント？」

「はい！　文化交流会までもう少しじゃないですか。でもみんなあんまりそのことも、かすみんたちが『紅蓮の剣姫』を上映することも知らないみたいなんですよぉ。だから宣伝をしてばーっと盛り上げちゃいましょう！」

メンバー全員の視線が集まる中、ホワイトボードを手で勢いよく指し示す。

そこにはかわいらしい丸文字で、『宣電大作戦!!』と大きく書かれていた。

「かすみさん……『宣電』じゃなくて『宣伝』だよ？」

「え？　わ、わかってるよ、そんなこと」

しずくの指摘に、かすみが慌てて『電』に×印をつけてその上に『伝』と書き直す。

「うんうん、漢字は難しいよね、かすみちゃん」

「うぇえええええええん、エマせんぱぁい……！」

泣き声を上げながらエマの胸に飛びこむかすみ。

しばらくの間エマに「よしよし」とやさしく頭を撫でられた後、こほんと咳払いをしながらホワイトボードの前に戻った。

「んんっ、とにかくそういうことなんです。本番も近いのに上映会のことをまだぜんぜん知られてないって、これはゆゆしき事態じゃないですか。だからかすみんたちでもっともっとこの作品のことを広めましょうっていう話なんです！」

「宣伝かぁ……確かにやった方がいいかもだよね」

その言葉に侑がうんうんとうなずく。

「ミニフィルム、すっごくいい感じになってきてるし、せっかくだったらたくさんの人たちにときめきを伝えたい！」

「うん、愛さんもサンセー！」

「実際の映画でもプロモーションは大事ですもんね」

「ランジュの映画デビューを一人でもたくさんのファンに知らせてあげなさい！」

賛同の声を上げる侑、愛、しずく、ランジュ。

と、それを見て果林が手を上げた。

「宣伝はいいと思うのだけれど……でも侑は撮影と編集作業で忙しいんじゃないかしら？　しずくちゃんも監督だし、愛も部活の助っ人やお店の手伝いがあるんでしょう？　他のみんなも撮影やファーストライブの準備でやることはたくさんあるはずよ」

「う、それは……」

「すみません、確かに私は余裕はないかもです……」

「そう言われると愛さんも確かにそうかも……」

「ランジュは別に大丈夫よ！」

ランジュを除く侑たちが言葉を詰まらせる。

しかしその指摘に、かすみは自信たっぷりにこう答えた。

「そこは心配しないでください！　かすみんたちでばっちり全部やりますから！　ほら、ちょうど私たちは撮影がキリがいいところまで終わってますので。ね、エマ先輩、彼方先輩、りな子」

「うん、わたしはオッケーだよ」

「彼方ちゃんの力が必要かね～？」

「璃奈ちゃんボード『きら～ん』」

かすみの呼びかけを受けて、三人が快くそう返す。

『QU4RTZ』の四人は先日の撮影でほぼ出番が終わっていて、比較的時間に自由が利くのだった。

「そっか、ごめん、じゃあ宣伝はかすみちゃんたちにお願いしてもいいかな？」

「はい！　かすみんたちにお任せです！　かわいいかすみんたちが『紅蓮の剣姫』をばっちりみんなに広めてみせますから！」

　ドンと胸を叩きながら力強くそう宣言するかすみ。

　こうしてかすみ、璃奈、エマ、彼方の四人でプロモーションイベントをやることになったのだった。

2

「それでかすみちゃん、プロモーションイベントってどんなことをやるの？」

　メンバーたちがそれぞれ練習や撮影に向かった後。

　四人になった部室で、エマがそう尋ねた。

「うーん、そうですねぇ。かすみんはやっぱりかわいさをばーんと押し出すのがいいと思うんですよ！　かわいい制服とか衣装とかを着て、学園内を練り歩くとかはどうですか？」

「それもいいけど～、彼方ちゃんは作品の中に出てくるご飯を作ってみたいかも～。ほら、コラボメニューみたいな～？」

　かすみの言葉に彼方がそう答える。

「私はPVを作りたい。いい素材はたくさんあるから、みんなの目を引く映像ができると思う」

「う～ん、じゃあ間を取ってわたしはイメージソングを歌いたいかな。みんなで歌えばきっと楽しいよ～？」

そう口にする璃奈とエマ。

「えー、でもでも、やっぱりかわいさをプッシュするのが一番じゃないですか？　なんかタイトルが火事みたいで物騒だから、かすみんのかわいさでアピールしないとみんな興味もってくれませんよぉ」

「だいじょうぶ、彼方ちゃんがみんなの胃袋をがっつりつかんでみせるぜ～」

「『紅蓮の剣姫』はシリアスでしっかりした内容だから、そこはちゃんとPVで見せたい」

「踊りながら歌ったら楽しさがみんなに伝わるんじゃないかな？」

それぞれがそれぞれのやりたい宣伝のかたちを主張する。

そんな具合に話し合いは続けられたものの……

一時間後。

「……うう、決まりません……」

「う～ん、彼方ちゃん、眠たくなってきちゃったよ～」

「みんなやりたいことが違うから難しいよねぇ」

「璃奈ちゃんボード『グッタリ』」

四人ともテーブルに突っぷしつつ、そう疲れたように口にした。

「なんかちょっと前にもこんなことありましたよねぇ……ユニットの方向性がぜんぜん決まらなくて」

「あったねぇ、お泊まり会、すっごく楽しかったよね」

「だね～。かすみちゃんのちっちゃい頃の写真が、彼方ちゃんお気に入り～♪」

「うん、かわいかった」

「ちょ、そ、それは今はいいですから！」

かすみたちが言っているのは少し前に開催されたY.G.国際学園との合同ライブの時のことだ。

かすみたち四人で、『QU4RTZ』でライブに参加するにあたって、四人それぞれの家でお泊まり会を開いて、アイデアを出し合ったことがあったのだった。

あの時はお互いがお互いのいいところを指摘し合うことで方向性を定めることができたのだけれど……

「でもさすがに今回はお泊まり会はできないよね～」

「うーん、文化交流会までもうあんまり時間がないもんねぇ」

「急がないとまずい」

彼方とエマと璃奈が顔を見合わせてそうなずき合う。

と、かすみがガバッと起き上がって声を上げた。

「あーん、でもこのままじゃいつまで経っても決まりませんよぉ！　こうなったらお散歩しながら考えませんか？」

「お散歩？」

「そうです。ちょうどおやつの時間ですし、お泊まり会はムリでも甘いものでも食べながら相談した方がきっといいアイデアが出ますよ！　……そういえば侑先輩に頼まれたアレもまだやってなかったですし」

「そうだね、このままだと彼方ちゃん、すやぴしちゃいそうだし～」

「うんうん、甘いものは正義だよ」

「璃奈ちゃんボード『ムンッ』」

かすみの提案に三人がうなずく。

「そうと決まったらさっそく行きましょう！　善は急げです！」

勢いよく立ち上がったかすみを先頭に、四人は部室を出たのだった。

お台場は都内でも最も賑やかな場所の一つとして知られている。

東京湾の一部を埋め立てて作られた広大な敷地内には、観光名所や海に面した公園などの様々なレジャースポットが充実していて、さらにはアミューズメント施設や有名店舗などが入った商業施設なども多く存在している。

そのため散歩や甘いものを食べる場所には事欠かない。

「うーん、やっぱりここのヨーグルトジェラートはボーノだよー」

たくさんのベリーがちりばめられたジェラートを頬ばりながらエマが幸せそうな表情を浮かべた。

「もう一つ頼んじゃおうかな。ジェラートはすぐ溶けてなくなるからゼロカロリーだよね」

「こっちのクレープもおいしいよ〜。かすみちゃんも食べる？」

「え、いいんですか？　いっただきまーす」

「タピオカドリンク、おいしい」

イートインで、それぞれ注文したスイーツを食べながら楽しげに声を弾ませる四人。

かすみたちがスイーツを堪能しているのは、学園から電車で一駅先にあるショッピングモールだった。

駅から近くオシャレなお店がたくさん入っていることから、虹ヶ咲をはじめとした近隣の学生たちに人気で、周りを見ると様々な制服の学生たちの姿も多く見られた。

「でもほんと、どうしたものですかねー」

彼方からもらったクレープをもぐもぐと食べながら、かすみが言った。

「プロモーションイベント、かすみんのかわいさ以外でどう広めていけばいいかなんて、ぜんっぜんわかりません～」

「『紅蓮の剣姫』のことをもっとたくさんの人に知ってもらわないといけないんだよね？　うーん」

おかわりで頼んだ二つめのジェラートを頰ばりながらエマが首を傾ける。

「そうだね～、彼方ちゃんのクラスの子たちもほとんど知らなかったみたいだし～」

「そもそも文化交流会があることがあんまり知られてない。私も聞くまで知らなかった」

クレープをかすみとシェアしながら彼方が、タピオカドリンクを慎ましく吸いながら璃奈がそう口にする。

「ってことはとにかく何か面白そうなことがあるっていうのをまず広めないとダメだよね？　だったらここはやっぱりかわいい衣装と制服でみんなをかすみんたちのトリコにするしかないじゃん！」

「いやいやおいしそうなご飯が最強だって～」

「PVだったら視覚的にも引きつけられるからいいと思う」

「みんなで歌えばきっと楽しいよ？　興味を持ってくれるんじゃないかな」

結局、四人ともそれぞれ元の主張に戻るのだった。

かすみが大きく息を吐いた。

「はー、もうダメダメですぅ。あいかわらずぜんっぜん足並みがそろってくれないじゃないですか～。みんなてんでバラバラで……って、彼方先輩のこのクレープ、ほんとおいしいですねぇ」

「でしょでしょ～？　彼方ちゃんいち押しのバナナチーズケーキホイップ味～。もう一口食べる～？」

「いただきます。ぱくっ。んんー、あまーい♪」

「疲れてる時はもっと甘いものを食べて栄養補給しないとだよね」

「タピオカドリンクのおかわり、買ってくる」

「あ、かすみんも行きます！」

「みんなで行こ～」

四人で思い思いの追加のスイーツを買って、テーブルに戻ってくる。

「はぁ……このミルフィーユ、すっごくおいしいです！　お口の中でカスタードクリームの甘みがじんわりとろけますぅ」

「おお～、彼方ちゃんにも一口～」

「はい、どうぞ」

「はむっ、う～ん、彼方ちゃんしあわせ～♪」

「ねぇねぇ、ココナッツ味のジェラート、もういっこ食べてもいいかな？」

「エマさん、私も食べてみたい。シェアしてもいい？」

「もちろんだよ～」

わいわいと楽しげな四人の声がイートインに響く。

やがて頼んだスイーツをすっかりきれいに食べ終わり、満足した表情のかすみが立ち上がった。

「んー、おいしかったです。やっぱりおやつは甘いものに限りますね」

「璃奈ちゃんボード『おなかパンパン』」

「お散歩、次はどこに行こうか？」

「そうだね～、いいお天気だから、彼方ちゃん、公園でのんびりしたいな」

「いいですねぇ。今日はお日さまが出てあったかいですし」

「うん、じゃあのんびり歩きながらいこっか？」

そんなことを話しながら歩き出す。

彼方の言っていた海浜公園はモールを出てすぐのところにある。

ただ四人は真っ直ぐにそこには向かわずに、途中で何カ所か寄り道をした。

モールに併設されていたドッグカフェでは。

「わー、かわいい。おいで」

ワンッ♪

「んー、よしよしよーし、いいこいいこだよー」

「エマさんの膝枕、すごく気持ちよさそう」

「エマ先輩のおヒザ、天国ですからねぇ」

「彼方ちゃんもエマちゃんのおヒザでごろんごろんするのだ～。くぅんくぅ～ん」

「うん、彼方ちゃんもおいでおいでー」

オープンテラスで日向ぼっこをしていた小型犬と、その隣で切ない声で鳴いていた彼方を、エマがヒザの上に乗せてやさしく撫でたり。

たまたま通りかかった『ODAIBA ゲーマーズ』では。

「あれ、これって『紅蓮の剣姫』じゃないですか？」

「ほんとだ～、紅姫ちゃんだよね～？　こんな等身大ポップがあるなんてやっぱり人気なんだ～」

「『紅蓮の剣姫』は来期の話題作。アニメもいいけど、コミカライズされた漫画もおすすめ」

「そっか、璃奈ちゃんも好きなんだよね」

「うん。原作小説も全部読んでる。激熱」

「りな子、せつ菜先輩とよくお話ししてるもんね」

「せつ菜さんは私よりもぜんぜんすごい。原作は全部初版でそろえてるし、サイン本も持って

では。

またかすみたちよりも大きいハンバーガーのモニュメントが目を引くハンバーガーショップ

「でっかいハンバーガーですねー。りな子よりもおっきいんじゃない？」

「ここのハンバーガー、ミアちゃんが好き。お土産に買っていってあげたい」

「おお、いいね～。ミアちゃん、喜ぶよ～」

「うん、ポテトとコーラも買っていく」

「チキンナゲットも買ったら喜ぶんじゃないかな？」

璃奈がミアにお土産を買ったりした。

「うーん、お散歩、楽しいですねぇ」

大きく伸びをしながらかすみがそう口にする。

お台場の空からは、十二月にしては温かな日差しが、柔らかくぽかぽかと降り注いでいるのだった。

る」

「はー、さすがせつ菜先輩ですねぇ」

紅姫の等身大ポップが飾られているのを見て『紅蓮の剣姫』の話題に花を咲かせたり。

3

「んー、ぱくっ」

海浜公園のベンチに四人並んで座りながら、かすみはテイクアウトしてきたドーナツにかぶりついた。

軽やかな口当たりとともにとろけるような蜂蜜と砂糖の甘さが口に溶け出してきて、思わず笑みがこぼれる。

「はー、この幸せいっぱいの甘味がたまりません。やっぱりドーナツはおいしいですねぇ……って、はっ！」

そこでかすみは何かに気づいたように顔を上げた。

「……って、すっかりお散歩を楽しんじゃってるじゃないですか！　いやそれはそうしようって言ったのはかすみんですけど！　でもプロモーションイベントをどうするか決めないと！」

「まあまあ〜。せっかくこんなにいい天気なんだから」

「そうだよ、食べ終わるまではゆっくりしよう？　あ、かすみちゃんも膝枕する？」

「え、いいんですか？」

ぱあっと表情を輝かせて、滑りこむようにエマのヒザの上に頭を乗せる。

「はあぁ、エマ先輩の膝枕、とっても気持ちいいですぅ……」

「ふふ、かすみちゃん、髪の毛さらさらだね」

「毎日トリートメントしてますから……ふわふわでいい匂い……何だか眠くなってきました……」

一瞬そのまま夢の世界に旅立ってしまいそうになるものの、すんでのところでかすみはガバッと起き上がった。

「……って！　だからのんびりしてちゃだめなんですってば！」

「えー、そうなの？」

「かすみんだってほんとはこのままずっとエマ先輩のヒザの上でお昼寝したいですよぉ。でも、そういうわけにもいかないじゃないですか」

「かすみちゃん、偉いね～。さすが部長さんだ～」

彼方(かなた)がかすみの頭をなでなでと撫(な)でる。

それを聞いて、かすみがぽつりとつぶやいた。

「偉いっていうか……それはかすみんは部長ですから責任がありますけど。でもそれよりも……」

「？」

そこでかすみはちょっと声を小さくすると。

「せつ菜先輩があんなにがんばってるんだから、ミニフィルム、一人でもたくさんの人に見てもらいたいじゃないですか……」

その直後に、しまった！　という顔になる。

「あっ……じゃ、じゃなくて！　かすみんのかわいさをもっともーっとたくさんのみんなに知ってもらうために、宣伝は絶対必要で……」

その言葉を最後まで待たずに、彼方がぎゅ〜っとかすみに抱きついた。

「うんうん、かすみちゃんはやっぱりいいこだね〜」

「ふふ、かすみちゃん、せつ菜ちゃんのことが大好きなんだね」

「璃奈ちゃんボード『にっこりん』」

「も、もう、そんなんじゃないですってば〜」

彼方の腕の中でじたばたと暴れながら言うかすみ。

（それは、せつ菜先輩のことは気になりますけど……）

口では否定したものの、かすみにとってせつ菜は特別な存在だった。

最初はちょっとだけ苦手だった。

練習も厳しくて、かすみの考えるかわいいをぜんぜん取り入れてくれなくて、よくぶつかっていた。

同好会が一度廃部になってしまったのも、それが原因の一つとも言えなくもない。

でも今は、その時のせつ菜の気持ちもよくわかる。

きっと当時のせつ菜は、自分の中の大好きをかすみたちに伝えようと精一杯だったのだ。

自分が大好きだったかわいいを……歩夢に押しつけてしまっていたことに気づいた時に、かすみはそのことがわかった。

せつ菜もただ自分の意見を押し通そうとしていたんじゃなくて、たくさん迷っていたのだと。

それからは、せつ菜に対する印象が変わった。

厳しくて融通が利かないわからず屋な先輩から、一生懸命でいつだって真っ直ぐな頼れる先輩に。

かすみと考え方が違うことは否定できない事実だったけれど、だからこそそんなせつ菜は同好会に絶対に必要な存在だということがわかった。

それに何より……何だかんだいってそんなせつ菜のことが大好きだということに、かすみ自身気づいてしまったのだ。

(もう、ずるいですよぅ……)

あんなに性格が違うのに好きにさせるなんて反則だと思う。

　でも昔の一生懸命なせつ菜も、今の少し丸くなったせつ菜のことも、どっちも今は大好きなのは本当だった。

「と、とにかく、せつ菜先輩のためとかじゃなくて、かわいいかわいいかすみんの良さをみんなに広めるためなんですから！」

「うんうん、わかってるよ～。かわいいかすみちゃんのためにもがんばって考えないとね」

「せつ菜ちゃんを応援したいかすみちゃんを、応援するよ」

「ファイト、オー！」

「だ、だから、かすみんは～……」

　再度かすみが反論しかけて。

　と、その時だった。

「――あれ、お姉ちゃん？」

「？　あっ、遥ちゃん！」

　呼びかけられた彼方が声を上げる。

　その視線の先で四人に向けて笑顔で手を振っていたのは、東雲学院の制服を着たツインテールの女子生徒――彼方の妹である、遥だった。

　それを見た彼方が普段からは考えられないほどの素早い動きで駆け寄る。

「どうしたの～？　こんなところで会うなんて偶然だね～」

「うん、今度のライブで使う小物のお買い物してたんだ。お姉ちゃんは？」

「彼方ちゃんたちはプロモーションイベントの相談をしていたのです」

胸を張りながらそう口にする。

「プロモーションイベント？」

「うん。今度、文化交流会でミニフィルムの上映をやることになったから、その宣伝のためのイベント」

「そうそう、かすみんたちでばーっと盛り上げようと思って」

「みんなでお散歩しながらお話ししてたの」

遅れて歩み寄ってきた璃奈たちが、首を傾ける遥にそう補足した。

「あっ、それってお姉ちゃんが出演するって言っていたのですよね？　わあ、がんばってください。応援してますから」

ぐっと手を握りしめてにっこりと笑う。

と、それを見た彼方がぽんと手を叩いた。

「そうだ、彼方ちゃん、いいこと思いついちゃった～」

「？」

「あのね～、遥ちゃんに頼んで東雲学院にも宣伝してもらうのはどう～？」

「え、私が？」

　ちょっとだけ驚いた顔になる遥。

「うん、だめかな～？　宣伝っていってもそんな大したことじゃなくて、お友だちにお話ししてくれるだけでいいんだけど～」

　その彼方の提案に。

「ううん、ぜんぜんだいじょうぶだよ！　お姉ちゃんの出る映画なんだから、はりきってみんなに広めるね！」

「ありがと～、遥ちゃん」

「えへへ、お姉ちゃんの力になれるなんてうれしい」

　両手を繋いで楽しそうにその場でぴょんぴょんと飛び跳ねる彼方と遥。

　それを聞いていたエマと璃奈も。

「あ、だったらわたしもY.G.国際学園のジェニファーちゃんたちに頼んでみるよ」

「それなら私は当日はオンラインでもイベントを見られるようにする。映像研究部の人たちに聞いてみる」

　そう手を上げて提案する。

　他にも果林に頼んで藤黄学園の姫乃に、ランジュに頼んで紫苑女学院の黒羽姉妹にもお願いすることが決まった。

「おお～、なんかすごいことになってきたね～」

声を上げる彼方。

と、それを聞いていたかすみが何かを思いついたような顔になった。

「そうだ、もうどうせならもっとすごくしちゃいませんか？」

「？　どういうこと～？」

「他校の人たちにも協力をお願いするってことで盛り上がってきましたし、こうなったらさっきかすみんたちが言ってたアイデア、全部プロモーションイベントでやっちゃうんですよ！」

「全部？」

「うん、そうだよ、りな子。かわいい制服と衣装を着て、コラボメニューを食べられる会場でPVを流しながら、みんなでイメージソングを歌うの！　甘いものもやりたいことも全部乗せの方がいいじゃん！　どう、その方が私たちらしくない？」

「！　すごくいいと思う」

「彼方ちゃんも賛成～」

「うん、やろうやろう」

かすみの言葉に三人も笑顔で賛同する。

「じゃあ決まりですね！　全部乗せでいきましょう！」

「「「おー！」」」

レインボーブリッジと自由の女神像が映える青空の下に、四人のきれいにそろった声が響きわたったのだった。

4

「うわー、すごいね。たくさん人が集まってる！」

プロモーションイベント当日。

会場である虹ヶ咲学園の屋外ステージに集まった人たちを見て、侑が声を上げた。

「ニジガクの生徒たちだけじゃなくて、他校の生徒たちもいっぱいいる。遥ちゃんたちがんばって宣伝してくれたおかげだね」

その言葉通り、会場内には見渡す限りたくさんの人たちで埋め尽くされていた。

虹ヶ咲、東雲、藤黄、Y.G.、紫苑……その他にも様々な学校の生徒たちの姿を見ることができる。

もちろん同好会のメンバーたちも、十三人全員この場に集まっていた。

「へー、キッチンカーもあるんだー。きっちんとしてるね、キッチンカーだけに」

会場に出ていたキッチンカーを見て愛がそう笑う。

「あははははは、きっちんとって……だめ、愛ちゃん、それ以上は……！」

「……侑ちゃん……」

笑いが止まらずにその場で崩れ落ちる侑を、歩夢が何と言っていいのかわからないという顔で見つめていた。

「コラボメニューですか、いいですね！　私も何か協力したかったです！」

「せつ菜は……いいえ、何でもないわ……」

「？」

何かを言いかけて止めた果林を、せつ菜が不思議そうに見つめる。

他のメンバーたちも、想像以上の人の入りと、イベントの賑やかさに驚いているようだった。

「ど～お？　彼方ちゃん自慢のキッチンカーは」

「あ、彼方さん」

と、キッチンカーの奥から紫色のエプロン姿の彼方が顔を見せた。

「メニューはこっちだよ～。『紅蓮の剣姫』に出てくるお料理をたくさん再現してみました～」

「すごくいいです。ホットドッグとかおいしそう！」

「おお～、さすが侑ちゃん、お目が高い。それは彼方ちゃんのお勧めなのだ～。食べていく～？」

「うん、もちろん！」

「きゃあっ！　ランジュも食べたいわ！」

大きくうなずく侑とランジュ。

たっぷりのケチャップとマスタードと大きなソーセージが挟まれたホットドッグを渡されて、それぞれ笑顔で口にする。

「せつ菜ちゃんたちも食べていくよね？　サービスしちゃうぞ～」

「ありがとうございます！　いただきます！」

「じゃあせつ菜ちゃんには鶏の唐揚げ紅姫スペシャルだ～」

そう言って彼方が出してきたのは、作品内で紅姫の好物でもある鶏の唐揚げだった。

揚げたてのおいしそうな湯気が立ち上り、スパイシーな塩コショウの香りが食欲をそそる。

目を輝かせながらそれを口にすると、せつ菜は声を上げた。

「おいしいです！　あのネコ型〝レーテ〟を倒した後に桜と水音たちといっしょに近くのファミレスで夕食をとるシーンで紅姫が食べていた唐揚げが再現されるとこうなるんですね！　また一つ紅姫のことを知ることができた気がします！」

「お気に召してくれた～？」

「はい！　こんなにリアルに再現してくださって、本当に感激です！」

満面の笑みでうれしそうに声を上げるせつ菜に。

「いいんだよ～。せつ菜ちゃんのために彼方ちゃんも何かしたかったから」

がんばっているせつ菜のために何かをしたいというのは、彼方も同じ気持ちだった。

自分の大好きを全力で叫ぼうとしているせつ菜を見ていると、応援したいという気持ちがむくむくと湧き上がってくる。

彼女の真っ直ぐな笑顔には、そういう周囲を惹きつける力があるのだと思う。

それに彼方がせつ菜のことが気になるのには……かつて一度同好会が廃部になってしまった時に、十分に彼女の力になれなかったという思いもあるのかもしれない。

(あの時は彼方ちゃん、お姉さんなのに何もしてあげられなかった……)

同好会を活動休止にした裏で、せつ菜があんなに悩んでいたことに気づけなかった。

ただ状況に困惑して、静観することしかできなかった。

同好会が再始動できたのは、諦めずに部の存続のために動き続けていてくれたかすみと、協力してくれた果林、それと新しく入部してくれた侑と歩夢の力が大きい。

それのどれか一つが欠けていても、同好会は存続できなかったか、あるいはできていたとしてもそこにせつ菜の姿はなかった可能性が高い。

彼方にとって、十三人みんながそろった同好会は他には替えられない大切な居場所だ。

温かくて、ふわふわで、お日さまの下でたっぷり干したお布団みたいなやさしい空気にいつだって包まれている。

だからその同好会がこうして平和に存続しているのは、せつ菜がいる同好会がそこにあるのは、彼方にはとても幸せなことだった。

（ほんとよかったよ～）

同好会での毎日は楽しい。

今の『紅蓮の剣姫』の撮影も、わくわくがいっぱいだ。

こんな夢の世界みたいな時間がずっと続いてくれればと思っている。

（彼方ちゃん、みんなといっしょにいるの、好きなんだよね～）

目の前に広がる笑顔があふれる光景。

そんな当たり前だけれど何にも代え難いキラキラとした毎日を大切にしようと、追加のホットドッグを作りながら彼方は改めて思うのだった。


「とてもおいしかったです！　ごちそうさまでした、彼方さん！」

「おそまつさまです。他のも食べたくなったらいつでも言ってね～」

「はい、ありがとうございます！」

紅姫スペシャルの唐揚げを食べ終わって、笑顔でそう答えるせつ菜。

と、そこで会場の奥から大きな歓声が聞こえてきた。

「？　あ、璃奈ちゃんの作ったＰＶだ」

侑がステージの方を振り返る。

声の元を辿ってみると、そこには大きなスクリーンが設置されていて、〝紅蓮の剣姫〟としての紅姫と、普段の学生としての制服姿の紅姫が、炎の中で背中合わせになっているPVが映し出されていた。

「あのかっこいいPV、りなりーが一人で作ったんだって！　すごいよね、カリン」

「ええ、さすがは璃奈ちゃんね」

璃奈の作ったPVは大好評だった。

撮影で保存したたくさんの映像からPVに使えそうなものを厳選して、さらにそこにCGや効果音などの処理を加えて編集したものらしい。

侑もちらりと見せてもらったが、完成途中のものでもすごくクオリティが高かったのを覚えている。

道行く人たちもそのほとんどが足を止めてスクリーンに見入っている。

「どうかな、PV」

と、バックステージからやって来た璃奈が、侑たちを見上げてそう尋ねた。

「璃奈ちゃん。うん、やっぱりすっごくいい！　ときめいちゃった！」

「さっすがりなりーだよね！　見てるとええぞーって気持ちになる！　映像だけに！」

「……愛……。そうね、PVはとても素敵だと思うわ」

「ありがとう。璃奈ちゃんボード『テレテレ』」

照れた表情のボードを顔に当てて、璃奈が小さくそう口にする。

それから少し後ろにいたせつ菜を見て、改めて尋ねた。

「せつ菜さんはどうだった？　ちゃんと『紅蓮の剣姫』の魅力を伝えられてた？」

「璃奈さん。はい、バッチリだと思います！」

「本当？」

「ええ、とても素晴らしいです！　自分の映像が使われているというのは少し照れくさくもありますが……それ以上に璃奈さんの大好きがあふれ出ていますから！」

「それならよかった。役に立ててうれしい」

笑顔のボードを顔に当てる。

それは璃奈の本音だった。

かすみと同じで、もちろん同好会のためにという気持ちもあったけれど、せつ菜のためにがんばりたいという思いも同じくらい大きかった。

璃奈がせつ菜と初めて出会ったのは、同好会に入る前のことだ。

最初、はんぺんを追いかけ回していた時は、ちょっと怖い人なのかと思った。

生徒会長だったし、固くて厳しくて、こっちの言うことには耳を貸してくれない人なのかと。

だけどすぐにその考えは覆った。

彼女は校則通りに杓子定規に物事を進めることはしないで、璃奈たちの訴えを聞き入れてくれて、はんぺんを生徒会お散歩役員に就任させてくれた。

璃奈たちの気持ちを大切にしてくれた。

そのおかげで、はんぺんは学園の一員として幸せに過ごすことができている。

そのことは……今でもすごく感謝している。

同好会に入ってからは、せつ菜とはよくアニメやゲームの話などをするようになった。

『紅蓮の剣姫』も、アニメ化が決まった時にはお互いにメッセージを送り合って、いっしょに喜んだのを覚えている。

せつ菜は真っ直ぐで、いつだって大好きなものは大好きと口にして、目を輝かせている。

そういう風に感情を表現することが苦手な璃奈には、せつ菜はまぶしくもありまたとても魅力的にも映った。

今でも休みの日にはアニメショップにいっしょに行ったり、フレンドになっているゲームを二人でやったりしている。

愛とはまた違う、大好きな先輩。

そんなせつ菜の力になれたことは、璃奈にとってとてもうれしいことだった。

(璃奈ちゃんボード『にっこりん』)

PVを見ながらなおも興奮した声を上げてくれているせつ菜を見ながら、心の中で璃奈ちゃんボードを掲げるのだった。

「彼方先輩、りな子～、もうミニライブの時間だよー」

「そろそろ着替えないと間に合わないよ～」

と、バックステージからかすみとエマがやって来てそう言った。

「あ、そろそろ時間みたい～」

「うん、今、行く」

うなずき合う彼方と璃奈。

この後、プロモーションイベントの締めくくりとして、ステージで『QU4RTZ』の四人によるミニライブが行われるのだった。

「ふっふっふ、楽しみにしていてくださいね。エマ先輩が今日のためにアレンジしてくれたので、ハモりとかもばっちりですよ！」

「そうなんだ、楽しみ！」

侑が声を弾ませてそう言う。

「かすみたちのライブ、ランジュ、ひさしぶりだわ。ワクワクする！」

「ええ、ランジュといっしょに見たあの合同ライブの時以来ですね」

「ガッツを入れすぎて失敗しないようにがんばりなよ、子犬ちゃん」

「かすみんは失敗なんてしないですぅ。あとかすみんは子犬じゃない！　がるるるるる」

軽口を言うミアにムキになって対抗するかすみ。

そんなどちらが年上かわからないいつもの光景を見て、エマが微笑む。

「ふふ、みんなで楽しく歌おうね」

そう笑顔で呼びかけるエマに。

「エマさんもがんばってください！　エマさんの歌声、私、大好きなんです！　客席から全力で応援しますね！」

「せつ菜ちゃん。そっかー、うん、そう言ってくれるせつ菜ちゃんのためにも心を込めて歌うよ」

せつ菜の声援ににっこりとお日さまのような笑みで返すエマ。

せつ菜がそう言ってくれたことは純粋にうれしいし、期待してくれているその分だけお返しをしたいと思う。

みんなもそうかもしれないけれど……エマもまた、せつ菜に対しては何かをしてあげたいという気持ちが強かった。

思えばせつ菜は、エマが日本に来て最初に知ったスクールアイドルだった。

子どもの頃に動画で見たスクールアイドルに憧れて、スイスから虹ヶ咲学園に留学してきたのが半年以上前。

当時からせつ菜はスクールアイドルとして活動していて、すでに注目されている存在だった。

彼女のパフォーマンスを見た時、自分よりも年下なのにこんなにすごい子がいるんだって、本当にびっくりしたのを覚えている。

きっとすごく努力をしたんだろうなあと……尊敬の思いでいっぱいだった。

そんな彼女と同好会でいっしょに活動することができるようになったのは、うれしかった。

せつ菜は真面目で、練習は少し厳しいところもあったものの、それでも五人で過ごしたかつての同好会での毎日も、エマにとっては楽しい思い出だった。

一時は色々な行き違いから活動停止のまま廃部にもなってしまったけれど……今はこうしてみんなで、十三人で、スクールアイドルとして活動することができている。

親友である果林が途中から加わってくれたことも、エマにとってはとても喜ばしいことだった。

(ふふ、みんな、すごくあったかいよね)

同好会はエマにとって、第二のふるさとみたいな場所だ。

みんなやさしくて、仲が良くて、とっても温かい。

エマはみんなのことが大好きだったし、かわいい妹たちが増えたみたいだと思っている。

エマの目指すみんなの心をぽかぽかにできるスクールアイドルになるために、これ以上ないくらいにぴったりの場所だと思う。

新しい同好会になってから、せつ菜の笑顔が増えたように見えた。

昔は時折苦しそうな顔をしていることもあってエマは心配していたのだけれど、今ではすっかりそんなことはなくなった。

無邪気に笑いながら、〝大好き〟を思いきり叫んで、活き活きとスクールアイドルとしての日々を送っている。

エマたちに相談を持ちかけてくれることも増えた。

昔は一人で抱えこんで、一人で答えを出してしまうことがほとんどだったのに。

それがエマには、とてもうれしいことだった。

（とってもエモエモで尊みが深いよ～）

日本に来てから教わった言葉。

ちゃんとした意味はよくわかっていないけれど、語感がとても気に入っている。

笑顔で思わずそれをつぶやいてしまうくらい、エマは〝イマ〟のこの毎日が幸せなのだった。

5

たとえば色というものには、無限の可能性があるのかもしれない。

それ一色だけでも目を引くものではあるけれど、いくつもの色が重なり合うことによってよりいっそうその鮮やかさと輝きを増す。

それぞれ単体であっても個性的なものが、重なりつながることによって、新しい〝調和〟による思いもよらない変化を生じさせていく。

パステルイエロー、すみれ色、ライトグリーン、ペーパーホワイト。

それらが重なり合った先にある、新しいときめき。

そんなまばゆいばかりの色の競演が……目の前の光景に映し出されていた。

「わあ……」

侑がため息を漏らす。

ステージ上で今まさに繰り広げられているライブ。

それぞれ違う色の四人の声が、重ねられて、心地よいハーモニーとなって、よりいっそう色鮮やかなものになっていく。

「すごい……四人とも、一つになって輝いてる。ときめいちゃう……」

「かすみさんの衣装、かわいいですね」

「見事な歌声ね。さすがエマだわ」

「りなりーのPVもステージにめちゃくちゃ合ってる！　かっこいいぞー！」

「彼方さんの作ったこのパウンドケーキ、すごくおいしい。侑ちゃんも食べる？」

かすみの選んだかわいい衣装に、エマがアレンジした楽曲を乗せて、歌い上げる四人。

スクリーンには璃奈が作成したPVが曲に合わせて流れ、それを見る観客たちは彼方の作ったコラボメニューを口にしている。

ステージに向けて声援を送っているのは、虹ヶ咲だけでなく、東雲、藤黄、Y.G.、紫苑などの他校の生徒たちも含まれている。

その中には浅希、色葉、今日子の姿や、それだけじゃなくて遥やかさね、クリスティーナやジェニファーやラクシャータの姿も見ることができた。

さらには……

「ねえねえ、ゆうゆ、見てこれ！　オンラインの視聴者数がめっちゃ上がってる！」

「ほんとだ！　すごいすごい！」

このライブは映像研究部の協力でオンラインでも配信されていて、多くのファンたちがディスプレイ越しのステージに声援を送ってくれていた。

〝つながり〟と〝調和〟

それこそが『QU4RTZ』の真骨頂だと言えることがよくわかる、カラフルでありながら重ねられた色の鮮やかさもまた際立った、魅力的なライブだった。

「みなさーん、まだまだ盛り上がっていきますよぉ！」

「彼方ちゃん、もっとたくさん歌いたいな〜」

「みんなもいっしょに躍りながら歌おう」

「もっともっと、たくさんのみんなとつながりたい」

四人の弾んだ声が響き渡る。

それからもステージは続いた。

たくさんの衣装替えや色とりどりのマイクを使ってのパフォーマンス、四人の個性あふれるMC。

さらにはブランコやバスタブ、気球に乗って歌ったりなど。

『QU4RTZ』らしいカラフルでポップなステージが次々と繰り広げられていく。

それらが盛り上がりを見せている内に、あっという間に時間は過ぎていった。

「それじゃあ、みんなかすみんとお別れするのは名残惜しいと思うけどぉ」

「次が最後の曲だよ～」

「みんなに届くように、心をこめて歌うね」

「聞いてほしい」

そしてラストを飾る曲が始まった。

――『ミチノサキ』

アコースティックのノスタルジーなイントロとともに始まるミドルテンポの旋律。

ステージに用意された椅子に座って、四人がお互いに語りかけるように声を重ね合わせていく。

キャッチーなメロディーラインでありながら、心と心を折り重ねてつながっていくという歌詞が耳に残るその曲は……『QU4RTZ』のハーモニーにぴったりとハマるものであるとともに、『紅蓮の剣姫』の内容ともどこか重なるものだった。

客席で聞いていた侑やせつ菜たちが顔を見合わせる。

「この曲って……」

「ええ、アコースティック用にアレンジしたものですよね？」

「ふぅん、こういうアレンジのやり方もあるんだ」

「エマさんのコーラスがすごくきれいです……！」

そのやさしいフレーズで聴いている人たちを安心させてくれるものでありつつも、未来への予感と期待を感じさせる曲想。

何よりも全体を支えるエマのコーラスが特に印象的で、観客もすっかり引きこまれているみたいだった。

やがて数分間の癒やしの時間が過ぎていき。

かすみの締めの合図とともに、曲は終わりを告げる。

「ありがとうございましたー！」

「いいライブになったね～。彼方ちゃん、ご満悦～♪」

「すっごく楽しかったよー！」

「璃奈ちゃんボード『じ～ん』」

大盛況の中……ミニライブは終わったのだった。

6

「ねえねえ、今のライブ、すっごくよかったよね！」

「うん、特に最後の曲、泣いちゃった！　それにPVもすごかったし、コラボメニューもおいしかった！」

「『紅蓮の剣姫』だっけ？　再来週の文化交流会で上映されるんだって。見に行きたい」

「みんなにも教えてあげようよ！」

そんなことを話しながら帰っていく生徒たちの姿があちこちで見られた。

興奮している者や感動している者など、その反応は様々だったけれど、だれもが満ち足りた笑顔になっている。

当初の目的通り『紅蓮の剣姫』のプロモーションという意味でも、また『QU4RTZ』のミニライブという意味でも、大成功と言えるものだった。

「ほんとすごかったよ四人とも！」

駆けつけたバックステージで、侑が目をキラキラさせながらそう声を上げた。

「もう最高だった！　ときめきすぎて叫んじゃいそうだった！」

「そんな～、侑先輩、かすみんがかわいすぎてまるでお姫様みたいだったなんて言い過ぎですよぉ。まあそんなことあるんですけど」

「すっごく盛り上がってたよね。彼方ちゃん、すやぴするヒマもなかったよ～」

「ちゃんとミニフィルムのこと、みんなに伝えられたかな？」

「それだけど、見て。公式ページのアクセス数、すごく上がってる」

璃奈がスマホを見せながら言う。

先日から稼働している『紅蓮の剣姫』ミニフィルムの公式ページのアクセス数は、イベント前に比べて明らかに増加していて、今なお上がり続けていた。

「やったね、りなりー！　これなら上映会にもたくさん人が来てくれるよ！」

「今回のイベントの来場者の数も予想を上回っていましたし、本番の来場も期待できるのではないでしょうか」

「ふふ、栞子ちゃんがそう言ってくれれば安心ね」

「かすみんの『宣伝大作戦!!』、大成功です！」

イベントの成果と本番の上映会への期待で盛り上がるメンバーたち。

バックステージが賑やかな空気に包まれる。

そんな中、侑も隣にいたせつ菜に笑顔で声をかける。

「いよいよ文化交流会も再来週だね。撮影も順調に進んでるし、ラストシーンまであとちょっとがんばらないとね！」

「……」

「……」

「……」

「せつ菜ちゃん？」

「……え？　あ、はい、何でしょう」

再度の呼びかけに、初めて声に気づいたようにせつ菜が顔を上げる。

「あ、うん、本番ももうすぐだから、いっしょにがんばろうねって」

「あ、す、すみません、ちょっと考え事をしていて……。はい、とうとう撮影もクライマックスです。がんばりましょう！」

「だね。来週はもうラストシーンの撮影だし」

「ええ、そうですね。いよいよあのシーンが……」

「？」

何かを言いかけたせつ菜に。

「それじゃあイベントも大成功に終わったことですし、みんなでファミレスにでも寄ってご飯を食べて帰りましょう！」

「おお、いいね〜。彼方ちゃん、ピザが食べたいな〜」

「私はまたドリンクバーというものを注文してみたいです」

「アイスはすぐに溶けてなくなるから大丈夫だよね」

「きゃあっ！　ファミレスは色々なメニューがあるから、ランジュ、好きよ！　ほら、ミアも行くわよ！」

「い、行くから引っ張るなって」

この後の予定が決まり、さらに賑やかになるメンバーたち。

「決まりですね！　さ、侑先輩もせつ菜先輩も行きますよ！」

「あ、うん」

「はい、行きましょう！」

かすみの言葉にうなずき返して、みんなで並んでバックステージを出ていく。

侑としてはせつ菜の最後の反応が少しだけ気になったものの、その場では何となくそれ以上は訊くことはできなかった。

その後もファミレスで、イベントの感想を言い合ったり、これからのスケジュールを確認し合ったりしながら、遅くまで楽しい時間を過ごした。

ちなみに途中でかすみが。

「どうですか、これ。ドリンクバーの飲み物を全部混ぜて味のバランスを整えたかすみんスペシャルです！　ほら、しお子、飲んで飲んで」

「かすみさん……気持ちはうれしいのですが、勝手にドリンクを混ぜてはいけません。注意書きにもそう書かれています」

「え、でもこれすっごくおいしくて……」

「ルールにはちゃんと従いましょう。不本意かもしれませんが、ルールは守るためにあるのですから」

「うう、わかったってばぁ……」

黄色い炭酸ベースのかすみんスペシャルを前にしょんぼりとするかすみに。

「ですがせっかく作っていただいたので、これはいただきます。……ええ、とてもおいしいです、かすみんスペシャル」

「しお子ぉ……」

そう笑みを浮かべる栞子(しおりこ)に、かすみが涙目で抱きついていたのだった。

間章

『紅蓮の剣姫⑥』

漆黒の闇の中に、紅蓮の炎が立ち昇っていた。

赤でもなく、紅でもない、まさに紅蓮と形容するのがふさわしい圧倒的に濃密な炎。

紅姫の全身に纏われたその強大な紅蓮の炎は、身体だけでは収まりきらずに、まるで翼のように六対十二枚の大きな流れとなり空を深紅に染めている。

『紅蓮の剣姫』と謳われた――紅姫の真の姿。

桜や水音、萌黄や紫陽、さらには金盞花たちに見守られる中、学園の中庭をまるで昼間のように紅く照らし出して、太陽のように強く輝いている。

その視線の先にいるのは……炎の熱量に晒されて苦悶の表情を浮かべる〝レーテの王〟。

「ようやく……ここまできました」

真っ直ぐにその異形の姿を見据えながら、紅姫がそう言った。

「この世界の均衡のためにも……あなたたちに喰われたたくさんの人たちのためにも……そしてこの世界に暮らす大切な人たちの平穏のために……今ここでその根源を討ちます！」

「GRRRRRRRRRRRRRRRRRRRRRRRR……」

「これで……終わりです！」

「――『紅蓮一閃・終焉』……!!」

それは一瞬だった。

裂帛の気合いとともに、剣先に極限まで圧縮された紅蓮の炎が〝王〟の身体を貫いた。

刹那の静寂。

次の瞬間、まるで幾筋もの光が漏れ出るかのように、〝王〟の身体の中から炎が爆ぜた。

轟音と、灼熱。

目もくらむほどの紅が辺り一帯を隈なく覆い尽くす。

世界の始まりのような、星の終わりのような、そんな圧倒的な炎の渦だった。

「GAAAAAAAAAAAAAAAAAAAAAAAAAAAAAAAAAAAAAAAAAAAAAAAAAAAAAAAAAAAAAAAAAAAAAAAAAAAAAAAAAAAAAAAAAAAAAAAAAAAAAAAAAAAAAAAAAAAAAAAAAAAAAAAAAAAAAAAAAAAAAAAAAAAAAAAAAAAA……！」

この世のものとは思えないほどの苦悶の声が空気を大きく揺らして響き渡る。

無限に続くかとも思われた断末魔の狂騒。

それはやがて炎とともに消え入るように小さくなっていく。

そして〝レーテの王〟は細やかな紅い粒子となって、消えた。

初めからそこには何も存在していなかったかのように……ただ夜の帳と静けさだけがそこに残ったのだった。


「……はあ……はあ……やった、やりました……」

『紅蓮の剣姫』から元の姿に戻った紅姫は、地面に両手をつきながらそう声を漏らした。

〝レーテの王〟は消滅した。

その存在の根源を焼き尽くし、もう二度とこの世界に現れることはない。

安堵と達成感に満たされると同時に……世界のあちこちで、失われていた存在の力が再び灯されていくのを紅姫は感じていた。

その中には翠や白銀、その他のたくさんの人たちのものも含まれている。

それはまるで暗闇の中に温かな炎が灯っていくかのよう。

そう、〝レーテ〟とその生みの親である〝レーテの王〟が滅びることによって、これまで喰われた数え切れないほどの忘れられた者たちがこの世界に戻ってきているのだった。

「紅姫ちゃん！」

「紅姫さん……！」

そんな紅姫に桜と水音が駆け寄ってくる。

「大丈夫……？　ケガしてない……？」

「汗がすごいです。このハンカチを使ってください」

「ありがとうございます。少し疲れましたが、大きな傷などは負っていませんから」

桜と水音の手を借りて立ち上がる紅姫。

やさしく握られた二つの手の先からは柔らかな温もりが伝わってきて、思わずその顔から笑みがこぼれた。

「はいはい、三人とも仲がいいのは結構ですけど、私たちもいるんですからね～」

「！」

と、遅れてやって来た萌黄に指摘されて三人とも慌てて手を離す。

「三人だけの世界に入るのもいいけど～、紫陽ちゃんたちのことも忘れないでほしいな～」

「うんうん、わたしたちも仲良くしたいかなあ」

「いっしょがいい」

「……は、はい……」

「ご、ごめんね？ つい……」

「うう、お恥ずかしいです……」

紫陽(シヨウ)たちにもそう突っこまれて、紅姫(アカヒメ)、桜(サクラ)、水音(ミズネ)は赤くなりながら顔をうつむかせていた。

そんな三人に、萌黄(モエギ)が言う。

「ま、色々ありましたけど、とにかくこれで一件落着ってことですよね？ あのかわいくない〝レーテ〟たちはいなくなって、世界は元通り平和になったってことで……え、って、あれ……？」

その時だった。

それまで明るい笑顔だった萌黄(モエギ)の表情が、急に影が差すように曇った。

「え……あ、あれ……？ な、なんですか、これ……？」

紅姫(アカヒメ)のことを見つめながら首を捻(ひね)って。

「あ、あれ……？ おかしいです。え、ええと、この人、だれでしたっけ……？」

「……っ……」

まるで知らない相手を見るような目で、そう言った。

「あ、い、いえ、目の前にいる人が紅姫(アカヒメ)先輩なのはわかるんです。で、でも、それがどんな人だったか、どんな風に喋(しゃべ)ってたのかがわからなくなってきて……え、え……？」

「へ、ヘンだな～、紫陽(シヨウ)ちゃんも同じなんだよ～。つ、疲れてるのかな～……？」

「だんだん紅姫ちゃんのことが記憶から消えていってるの……その姿がぼんやりとしていって……」

「どうして……？」

紫陽たちも困惑した表情を浮かべる。

その隣では、同じように桜と水音も頭を抱えて座りこんでいた。

「……紅姫ちゃん……だよね？　私たちはクラスメイトで、ずっといっしょにいた親友で……あ、あれ……でも……いつ知り合ったんだっけ……？　何をいっしょにして、何をおしゃべりして……？」

「……こ、怖いです……紅姫さんとの思い出が消えていくのがわかるんです……こんなのイヤなのに……忘れたくないのに……ど、どうして……？」

「……」

震える声でそう訴えかけてくる桜や萌黄たちのことを、紅姫はただ静かに見つめていた。

その表情には……強い諦観の色が見える。

「あ、紅姫ちゃん……？」

困惑する桜の言葉に、紅姫は静かに目をつむった。

だけどやがて、大きく息を吐いてこう口にした。

「……これは、仕方のないことなんです」

「え……？」

「私は……みなさんの住むこの世界とは違う並行世界から〝レーテ〟たちを追ってやって来た存在です。その目的である〝レーテ〟と、その〝王〟が滅んだ以上、私は元の世界に帰らなければなりません」

「……」

「そして元の世界に帰るということは、この世界にとっては異物である私が去るということは……同時に、私の存在がみなさんの中からなくなるということを意味します」

「そ、それって……」

「……はい」

桜の言葉に、紅姫は静かにうなずく。

そして全てを受け入れたかのような表情で……こう言ったのだった。

「……私はみなさ、さんから忘れられ、られるということ、と、です」

第六話『大好きとときめきと』

0

変わっていくものと、変わらないもの。

それはいつだって私たちの周りにあって、留まることなく巡り巡っている。

でも大丈夫。

大切なのは、恐れないこと。

恐れないで、受け入れること。

そうすればきっと、新しい何かが見えてくるはず。

空の向こうにかかる、色鮮やかな虹のような何かが。

だって変化は……たくさんの〝約束〟と〝絆(きずな)〟、〝可能性〟と〝調和〟が、織り交ぜられた結果なのだから。

1

「すみません、今のところをもう一度お願いします！」

傾きかけた夕陽でオレンジ色に染まった中庭に、せつ菜の真剣な声が響き渡った。

「ここのシーンで桜に対して別れの言葉を告げる紅姫の心情をうまく表現しきれていませんでした！　歩夢さん、申し訳ないのですが付き合ってもらえますか……！」

「うーん、私はいいけど……」

困ったような表情の歩夢が、ビデオカメラを構える侑の顔を見る。

それに気づいた侑が、小さくうなずいた。

「ん、でもその前にちょっと休憩しよう？　せつ菜ちゃん、最初からずっと出っぱなしだから
さすがに疲れたよね？」

「え？　いえ、私は大丈夫です――」

そう言いかけたせつ菜に。

「だめ。せつ菜さん、休憩しないと倒れちゃう」

璃奈が制服の袖をきゅっと掴んでそう言う。

「璃奈さん……」

「そうですよぉ。ちょっとそこに座ってかすみんのコッペパン食べてください」

「彼方ちゃんの枕を使ってもいいよ～」

「わたしのヒザでシエスタするのはどうかな？」

「かすみさん、彼方さん、エマさん……」

他のメンバーたちもそれぞれ心配そうな表情で一斉にせつ菜を労ってくる。

それもうなずける話だった。

放課後から始まった撮影はすでに開始から二時間近くが経っている。その間、他のメンバーはともかく、主役であるせつ菜はほぼ休みなしでずっと動き続けていた。

「うう、すみません、私がふがいないばかりに余計な気遣いを……」

用意されていた簡易椅子に座って、せつ菜が言う。

「そんなことないよ。せつ菜ちゃんがちょっとがんばりすぎだから、みんな心配してるだけだって」

「うん。今日だけじゃなくて、せつ菜ちゃん、撮影が始まってからずっと忙しかったんだから……」

「気持ちはわかりますが、お休みも大切です。休んでからの方がよりよい演技ができると思いますよ？」

「……はい」

しょんぼりとうなずくせつ菜。

撮影はいよいよ佳境に差しかかり、連日、同好会は大忙しだった。

かすみたちのプロモーションイベントの効果もあり、『紅蓮の剣姫』への注目度は日に日に高まってきている。

学園内ではせつ菜が主演のミニフィルムということで話題はもちきりだし、遥やジェニファーたちのおかげで他校でも少しずつ評判になってきていて、撮影をしているとそれらの生徒に声をかけられることもある。

そんな風に上映当日に向けて盛り上がる中、いよいよラストシーンを撮る日も近づいてきていた。

それに比例して主役であるせつ菜の熱の入り方もまたいやがうえにも上がってきていて……

「──休めました！　それでは撮影を再開しましょう！」

「え、えぇ、まだ一分くらいしか休んでないよ、せつ菜ちゃん……？」

「いくら何でも一瞬すぎますよぉ」

「気持ちはわかるけれど、ちょっとオーバーワークよ、せつ菜」

「ですが……」

「いいから座りなさい。先輩命令よ」

「うう、はい……」

果林たちに諌められて、再び椅子に腰を下ろすせつ菜。

だけどその間もずっとそわそわちらちらとカメラの方に視線をやっていて、落ち着かない様子だった。

「せつ菜ちゃん、本当に『紅蓮の剣姫』で頭がいっぱいなんだね」

侑が少し苦笑気味にそう口にする。

「はい、それはもう！　今の私は頭からつま先まで全て紅姫一色で真っ赤に染まっていますから！」

「あはは……」

その予想通りの返答には笑うしかない。

侑が言葉を返せずにいると、せつ菜がぽつりと口にした。

「ただ、それだけではないと言いますか……」

「？」

「実は気になるシーンがあるんです。それを早く撮りたくて」

「気になるシーン？」

「ええ、もう少し後のシーンなのですが……」

「あ、それってもしかして……」

侑が何かに気づいたように言いかけて。

「侑さん、ちょっと来て。ここの編集のやり方を相談したい」

「え、あ、はーい」

璃奈に呼ばれて、返事をする。

「ごめん、ちょっと呼ばれちゃった。行ってくるね」

「いいえ、気にしないでください。がんばってくださいね！」

「ありがとう、すぐ戻ってくるから！」

両手を顔の前で合わせてから走っていく侑を、笑顔で見送る。

侑は本当にいつだって全力でみんなのために走り回っていて、そのことをせつ菜は十分すぎるほど理解していた。

（私ももっとがんばらないといけません……！）

心の中でグッと手を握る。

物語の中の紅姫のように、せつ菜の胸の中の炎もその勢いをさらに増していくのだった。

「それじゃあ明日は、一回部室に集合してから、中庭と屋上でクライマックスシーンとラストシーンの撮影をやるね。お疲れさまでした」

侑がみんなを見回して、そう言った。

「「「お疲れさまでしたー！」」」

声をそろえて挨拶をして、メンバーがそれぞれ片付けや帰りの支度を始める。

「それでは私はお先に失礼いたしますね」

「あ、せつ菜ちゃん、お疲れさま。今日は早いね」

「はい。早く家に帰って明日のために台本を読み返しておこうと思いまして」

「そっか。ラストの撮影、がんばろうね」

「望むところです！」

そう力強く言い放って、せつ菜は部室を出ていった。

その気配が部室から離れるのを確認して、侑がメンバーの顔を見回した。

「……あのね、ちょっといいかな？」

「？　なんですか、侑先輩？」

「実はみんなに頼んでたアレ、とうとう完成したんだ」

「え、本当ですか？」

しずくが驚いたように声を上げる。

「かすみさんがなかなか提出しないって聞いていましたけど……」

「う、そ、それはこの前終わったって言ったじゃん、しず子」

「あれ、そうだったっけ？」

「そ、そうだよ。それはちょーっとだけ遅れちゃってたけど……」

胸の前で指をいじりながらかすみが声を小さくする。

「まーまー、かすみんがビリだったのは置いとくとして。完成したってことは、いよいよ実行するってことだよね？」

かすみの肩に両手を置いた愛が、侑を見ながらそう尋ねた。

その言葉にメンバーの視線が侑に集まる。

それを受けて、侑がうなずいた。

「うん。明日決行しようと思う。だからみんなも協力してくれるかな？」

「もちろんだよ、侑ちゃん」

「やろうやろう！　愛さん、けっこー楽しみにしてたんだから、決行だけに。あははは！」

「はい、ぜひ力にならせてください」

「無問題ラ！　ランジュに任せておきなさい！」

「璃奈ちゃんボード『ドキドキ』」

快くそう答えるメンバーたち。

それを見た侑が笑顔になる。

「ありがとう、みんな！　それじゃあ明日はね――」

2

その日の夜。

せつ菜は自室で一人、机に向かいながら台本を読み込んでいた。

明日はいよいよクライマックスとなるシーンと、ラストのエピローグシーンの撮影だ。

これまでの撮影の集大成。

その大事なシーンに備えて最後の確認をするべく、穴が空きそうなほど念入りに台本に目を通していく。

「とうとう紅姫が〝レーテの王〟と相対するシーン……ですね」

様々な出会いと別れを繰り返しながらも次々と〝レーテ〟を滅ぼしていく紅姫。

そしてとうとう〝レーテの王〟へとたどり着く。

それまでの〝レーテ〟たちとは次元の違う圧倒的な力を持った王。

その異形の王と壮絶な死闘を繰り広げるものの、桜たちや萌黄たちの協力、そしてこれまで仲間たちと過ごした時間から得た意思と想いの力を集めて……ついに〝王〟を打ち滅ぼすことに成功する。

この世界にとっての異物たる〝レーテ〟。

それらが消滅することで、世界は元の姿に戻ろうと修正力を発揮する。

その結果、〝レーテ〟に喰（く）われたことで忘れられていた翠（ミドリ）や白銀（シロガネ）、他の多くの人たちもみんな戻ってきて……

世界は無事に日常と平穏を取り戻すことになった。

喜ぶ桜（サクラ）や萌黄（モエギ）たち。

だけど……

「もともとこの世界の住人ではなく、異世界に帰らなければならない紅姫（アカヒメ）は、世界の修正力ゆえに周りの仲間たちからその存在を忘れられてしまう、ですか……」

それが紅姫（アカヒメ）が受け入れなければならない運命だった。

紅姫（アカヒメ）は最初からそのことを知っていた。

〝レーテ〟を全て滅ぼせば、自分は桜（サクラ）や萌黄（モエギ）、金盞花（キンセンカ）や蒼衣（アオイ）たちから忘れられて、その存在を何も残せずにこの世界を去らなければならないということを。

仲間たちといっしょに積み重ねてきた思い出が何もかもなかったことになってしまうということを。

だけど彼女は大切な人たちとその日常を守り取り戻すために……迷いなくその使命を達成することを選んだのだ。

「紅姫は忘れられてしまうことは怖くなかったのでしょうか……」

そっと脚本のページを指でなぞりながらそうつぶやく。

「忘れられてしまうことを受け入れる気持ちとは、どんなものなのでしょうか……」

そこがこの作品の、『紅蓮の剣姫』の最大のテーマだった。

紅姫は自分の使命を成し遂げたのに、そのことはだれの記憶にも残らない。

それどころか、彼女たちと過ごした毎日すらも思い出から消えてしまう。

きっと辛く悲しいことのはずなのに……紅姫は前を見て仲間たちのもとから去って笑顔で自分の世界へと帰っていく。

「紅姫は使命を放棄しようとは考えなかったのでしょうか。何もかも忘れられてしまうくらいなら、いっそ〝レーテ〟に関わらないで、現状を維持すれば……」

それは原作小説を読んだ時から感じていたことだ。

もちろん物語なのだからそういうわけにはいかないだろう。

だけどどうしてもせつ菜はその可能性を考えてしまう。

紅姫がそう思うことは一度もなかったのだろうかと。

そのことをせつ菜が以前よりも強く感じるようになったのには、あることが影響していた。

それは……少し前に侑が言っていた言葉。

『それに、せつ菜ちゃんはちょっとだけ紅姫に似てる気もするんだ』

そんなことは考えたこともなかった。

侑自身は何気なく言った言葉なのかもしれない。

だけど言われてみて、確かにそれはその通りなのかもしれないとも思った。

〝せつ菜〟と〝菜々〟の存り様は、紅姫と、もう一人の紅姫との関係性に近いものがあって……

その日から、紅姫について、その決断について考えることが多くなった。

考えこんで上の空になってしまい、他のメンバーたちから心配されてしまうことも何度もあったけれど……

「……」

だけどふとした瞬間に……こんな想像をしてしまうのだ。

自分が生徒会長ではなくなって、やがて——そんな日は考えたくないけれど——学生という与えられた期間が終わってスクールアイドルでもなくなる……そうなった時に、はたして〝優木せつ菜〟は覚えていてもらえるのかと。

〝優木せつ菜〟というのは菜々の中の大好きから生まれた存在だ。

スクールアイドルへの情熱という菜々の中の大好きがあふれ出て、かたちを持った、もう一人の自分。

だったらスクールアイドルでなくなるその日が来てしまえば……〝優木せつ菜〟はどうなってしまうのだろう。

その依って立つ根拠をなくしてしまい、皆から……忘れられてしまうのではないだろうか。

そう――紅姫と同じように。

「……って、そんなことを考えても仕方ありませんよね」

そこまで考えて、台本から顔を上げて苦笑する。

全てはまだまだ先の話だし、そもそも物語と現実の話をそこまで重ねてしまうのもムリがある。

未来は不確定で、それがどうなるのかなんて、実際にその日が来るまでわからないのだから。

それに……『紅蓮の剣姫』には、紅姫の顛末を描いたエピローグには、一筋の希望があった。

それは……

「菜々ー、まだお風呂に入ってなかったの？　早く入っちゃいなさい」

「あ、はい」

と、そこで母親から呼びかけられて、せつ菜は思考を中断した。

エピローグまで差しかかっていた台本を閉じて、机から立ち上がる。

ふと部屋の窓から目に入った外の景色は、街の灯りとそれが反射した運河が光ってキラキラと輝いていた。

数え切れないほどの無数の光。

まるでその光の数だけ未来があるかのように、煌々ときらめいている。

そう、先のことなんてだれにもわからない。

一年後十年後のことなどはもとより、明日のこと明後日のこと、はたまた一分後に起ること
とすらも、知ることはできないのだ。

「今日の入浴剤が何であるのかも、わからないいんですもんね」

柚子か、ジャスミンか、それとも温泉の素か。

それさえもこれから浴室に行ってみるまでわからない。

そう小さく笑って、せつ菜はそっとカーテンを閉じたのだった。

3

放課後の部室棟は、多くの生徒たちで賑わっていた。

人数が多いだけでなくやっていることも様々で、凧を作っている生徒や、巨大な植物を運んでいる生徒、観覧車の模型を作っている生徒もいる。

虹ヶ咲学園には非常に多くの部活や同好会などが存在していることから、その活動内容は多

岐にわたり、必然的にこのような光景を見ることになるのだった。

（みなさん、盛況ですね）

『流しそうめん同好会』や『こけし同好会』などの見慣れた部活名を目に入れつつ、同好会の部室へとせつ菜は歩を進めていく。

その道すがらも、頭に浮かぶのはやはり紅姫のことだった。

昨晩は、入浴を終えた後も紅姫のことを考えていた。

彼女の選択と決断。

それがもたらした結末。

だけど変わらずに、それについての答えは出ないままだった。

未来がどうなるかわからないなどと格好いいことを言ったにもかかわらず、彼女が何を考えていたのか結局ちっともうまくまとまらず、実際は心の中でもやもやとしている。

（どうしたらいいんでしょう……）

そこまで考えても仕方がないことだというのはせつ菜もよくわかっている。

物語だからと割り切ってしまうしかないということは頭では理解している。

だけどこのままだと、また撮影中に迷いが出てセルフリテイクを出してしまいそうだった。

そうしないためにも、他のメンバーたちに迷惑をかけないためにも、このモヤモヤをどうにかしなければならない。

そのためには……

(侑さんに、みなさんに相談してみるというのは……)

せつ菜が出した答えは、それだった。

自分の考えだけでなく、同好会のみんなの意見を聞いて、紅姫の考えを整理してみる。

そうすることで指針が定まるかもしれない。

そう思えたのは、自分でも少し驚きだった。

少し前のせつ菜だったら、こんな風にだれかに悩みを相談しようとするなんて考えもしなかったはずだ。

きっといつまでも自分の中だけで抱えこんで、袋小路に入ってしまっていたと思う。

(実際そうでしたものね……)

そのことは……苦い経験とともに記憶の中に刻まれている。

最初は『スクールアイドル同好会』再始動の時。

自分がいなくなることで障害のない同好会の再生を願っていたせつ菜を、侑が引き留めてくれた。「ラブライブなんて出なくてもいい！」。そう言ってくれてまで、真っ直ぐに向き合ってくれた。せつ菜の〝大好き〟を……大切に扱ってくれた。

そのことが、涙が出るほどうれしかったのを覚えている。

もう一つは、第二回スクールアイドルフェスティバルの時だ。

キャパシティオーバーというアクシデントから開催を諦めようとした自分を、今度はメンバーみんなが支えてくれた。たくさんの大好きの気持ちが自分を助けてくれた。それだけじゃなくて他校のスクールアイドルたちも惜しみなく協力してくれた。

そんな数え切れないほどの周囲の助けが、同好会のみんなの温かな気持ちがあったからこそ、今のようにこうして周りに頼るという選択肢を挙げることをせつ菜はできるようになったのだと思う。

自分の中の〝大好き〟を、隠すことなく大声で叫ぶことができるようになったのだ。

それは……〝せつ菜〟と〝菜々〟の間にあった垣根がなくなった瞬間でもあった。

(本当に……みなさんにはいくら感謝をしても感謝し足りません)

一人で全部を何とかしようとして大好きの行き場を見失っていた自分に、周りに頼るということを教えてくれた仲間たち。

自分とは違う、十二色の色とりどりのみんな。

そんな彼女たちのことを……せつ菜はかけがえのない大切な存在だと思っている。

そう、紅姫(アカヒメ)にとっての桜(サクラ)や水音(ミズネ)、萌黄(モエギ)や蒼衣(アオイ)や橙子(トウコ)、金盞花(キンセンカ)たちのように。

「……」

そうこうしているうちに部室に到着する。

せつ菜にとっての、大切な居場所。

入り口の前で一度深呼吸をすると、感謝の気持ちとともにドアを開く。

その先にいるのはせつ菜にとって大好きな仲間たちのはずであって……

「あれ……？」

と、せつ菜は小さく声を上げた。

仲間たちの姿は見当たらなかった。

というか部室にはだれもいなかった。

いつもはだれかの笑い声で賑やかな部室内は今は静まり返っていて、普段よりもガランとした景色が広がっている。

確か今日は一度部室にみんなで集合してから撮影に出る予定だと思ったのだけれど……

自分が一番早かったのだろうか。

あるいは予定を勘違いしているとか……？

訝しく思いつつ、ひとまず部室の中へと足を踏み入れる。

すると、テーブルの上に何かが置かれているのが目に入った。

「？」

特徴的な緑と黒のケース。

それは見慣れた、侑のスマホだった。

「どうして侑さんのスマホがここに……？」

置き忘れたまま外に出たのだろうか。

少し待ってみるも、それにしては一向に戻ってくる気配はない。

それに他のメンバーがだれも来ないのもヘンだ。

さらにせつ菜が首をひねらせていると、テーブルの上のスマホが振動した。

「？」

何気なしに視線をやると、ディスプレイの通知が目に入る。

するとそこには……


『せつ菜ちゃん、これを見たらこのスマホを持って音楽室まで来て！』


というメッセージが表示されていた。

「侑さん……？」

どういうことなのだろう。

意図はわからないけれど、自分宛ということは、侑は何か考えがあってスマホをここに置いたということになる。

「音楽室……ですか」

とにかく今は言われた通りにするしかない。

いまいち状況がつかめないまま、スマホを手にせつ菜は部室を出た。

4

音楽室は、部室から歩いてほど近い場所にある。

遠くの空や海までよく見える大きな窓が印象的で、開放感があると生徒たちには好評だ。

だけどそれよりも、せつ菜にとっては、侑と初めてちゃんと言葉を交わした思い出の場所でもあった。

(あれからもうずいぶん経つんですよね……)

『CHASE!』の音に引かれてふと立ち寄った音楽室。

そこで、その頃はまだおぼつかない指でピアノを弾いていた侑と出会った。

お互いのことをよく知らないままに会話を交わしたものの、真っ直ぐな彼女は、何のためらいもなく〝優木せつ菜〟のことを大好きだと言ってくれた。スクールアイドルを辞めて正解だと口にしたせつ菜に、あのライブが最後じゃなくて始まりだったらよかったのにと言ってくれた。

その時にはすでに同好会から離れる覚悟はしていたけれど……それでもその言葉はうれしか

った。

あの時にあそこで侑と話した内容は、今でもしっかりとせつ菜の胸に刻まれていて、きっと何年、何十年経っても決して忘れることはないだろう。

当時のことを頭に思い浮かべつつ、音楽室の扉を開いて中を覗きこむ。

「侑さん？」

あの日と同じように、窓からの光を受けて辺りの空気がキラキラと輝いていた。

まるで細やかな光の粒子が降り注いでいるかのよう。

一瞬だけ、あの時の光景がデジャヴのように頭に浮かぶ。

するとピアノの陰で人影が動いて、だれよりも見慣れた顔の少女が姿を現した。

「せつ菜ちゃん、来てくれたんだ！」

「あ、はい」

「スマホ持ってきてくれたんだね。ありがとう！」

そう言って笑顔の侑が駆け寄ってくる。

「あ、いえ、それはいいのですが……」

「？」

どうしてここに呼ばれたのだろう。

それがせつ菜にはやはり気になった。

ここはせつ菜にとっての思い出の場所。

特別な意味を持つ場所だ。

そこにこうして呼ばれた意味は……

「……」

ただ、侑とこうやって音楽室で二人でいるとどこか懐かしい気持ちになる。

あの日の記憶を呼び覚ますような、胸の深いところをくすぐるような、何とも言えない気持ちが湧き上がってくる。

せつ菜が少しだけその感傷に浸っていると、侑がピアノに手を置きながら言った。

「ふふ、こうしてるとなんか思い出すね」

「え？」

「ほら、前にも帰り道で少し話したけど、初めてせつ菜ちゃんと二人でお話しした時のこと。ピアノの前で、こうやってせつ菜ちゃんと——って、あの時は菜々ちゃんだったけど、こんな風に向き合ってたなって」

「あ……」

思わず声が漏れる。

それはさっきまでせつ菜が考えていたこと。

侑と初めて二人でちゃんと話をした、懐かしい記憶。

それと同じことを侑が思い出してくれたことが……驚きであるとともに、素直にうれしかった。

「そう……ですね」

胸の内に広がるうれしさを抑えてうなずき返す。

「もっとも私はあの時は色々と迷ってしまっていて、たくさん弱音を吐いてしまいましたけれど……」

苦笑しながらそう言うと、しかし侑は首を横に振った。

「ううん、せつ菜ちゃんの本音が聞けて、私はうれしかったよ。あれを聞けたからやっぱりせつ菜ちゃんはスクールアイドルを辞めたくないんだってわかったんだし、そのおかげでちゃんとせつ菜ちゃんと向き合おうって思えたから」

「侑さん……」

「それに合宿の夜にもいっしょにお話ししたよね。ピアノを弾いてたらせつ菜ちゃんがたまたま来て。その時にせつ菜ちゃんが『いつか侑さんの大好きが見つかったら、私に応援させてください』って言ってくれたの、うれしかったなぁ。うん、考えてみたらこの音楽室とピアノは、せつ菜ちゃんと私の思い出の場所なのかもしれないね」

「……」

その言葉にせつ菜の胸がぎゅっと詰まる。

思い出の場所。

その言葉に共有される想いが、胸の奥に静かに響く。

すると何かを思い出したかのように。侑が小さく笑った。

「でもあの時は色々あって大変だったよね。お化けに変装してみんなをおどかそうとしたかすみちゃんたちを、せつ菜ちゃんがお説教してたっけ」

「！　あ、あれはつい……」

「わかってるって。ふふ、でも怒ってるせつ菜ちゃんもかわいかったよ」

「も、もう、侑さん……！」

ポカポカと侑を叩く素振りを見せながら口をとがらせるせつ菜。

だけど次の瞬間、どちらともなく笑い合う。

二人でいる空間がとても心地よかった。

穏やかで温かで居心地のよい空気が、キラキラと輝く光とともに辺りをいっぱいに満たしていた。

（侑さんといると、やっぱりとても落ち着きます……）

いっしょにいるだけで自然と笑顔に包まれてしまうような、そんな不思議な空気。

そのかけがえのないやさしい時間をかみしめる。

その時だった。

「──あのね、忘れることなんてないよ」

と、ふいに侑がそう口にした。

「え……？」

「私たちが……せつ菜ちゃんのことを大好きなみんなが、せつ菜ちゃんのことを忘れることなんてない。こんな風に、せつ菜ちゃんとの思い出はいっぱいある。ここだけじゃなくて、部室にも、教室にも、屋上にも、中庭にも、たくさんたくさん、もう数え切れないくらい。それは何があったって消えないよ」

両手を広げながら、せつ菜の目を真っ直ぐに見て侑は言う。

「それにせつ菜ちゃんはいつだって私たちに夢と希望を分けてくれて、全力で〝大好き〟を叫んでくれた。気持ちを重ねようとしてくれた。どれだけ時間が経ったって、どんなに関係性や立場が変わったって、せつ菜ちゃんがみんなに伝えてくれた〝大好き〟の気持ちは……ときめきは残ると思う」

「侑、さん……？」

「だから〝優木せつ菜〟はいつだってみんなの心の中にいる。どんなかたちになっても忘れられることなんて絶対にない。何もなかったことになるなんてない。せつ菜ちゃんの灯は消えないよ。お節介かもしれないけど、それだけはせつ菜ちゃんに伝えておきたくって」

「あ……」

その言葉に、せつ菜はしばらくの間、何も言えずにその場に立ち尽くしていた。

侑を見つめたまま、固まってしまったかのように動くことができない。

だけどやがて、絞り出すように小さく口を開いた。

「どう、して……」

「え？」

「どうして……そのことを……？　私、だれにも言っていないのに……」

その問いに、侑は少し困ったように笑った。

「あ、あれ、違ったかな？　えっと、色々あるとは思ったんだけど、今、せつ菜ちゃんが一番気になってることって、きっとそれかなって……」

「……合っています。まさに今日そのことをみなさんに相談しようと思っていたところだったんですから。ですが……」

どうしてわかったんですか……という言葉をせつ菜が発する前に、場違いに明るい声が割って入ってきた。

「そんなの、せつ菜先輩を見てればわかりますよぉ」

「かすみさん……？」

声を聞いてせつ菜が振り返る。

そこにいたのは、音楽準備室から出てきたかすみだった。

「だってせつ菜先輩、ずうっとお悩みモードだったじゃないですか。脚本見ながら難しい顔してあーでもないこーでもないってうなってて。気づかない方がおかしいですって」

呆れた顔になってそう口にする。

さらにその後ろからは。

「紅姫ちゃんの解釈ですごく悩んでたもんね、せつ菜ちゃん」

「ええ、それでみなさんで脚本を読み返して、きっとせつ菜さんが引っかかっているのはここかなってことになったんです。もっとも、最初にそれを指摘したのは侑先輩なんですけどね」

そう微笑む歩夢としずく。

「うーん、やっぱり先のこととか考えちゃうよね。来年どうなってるのかとか、愛さんもチョー気になるし」

「将来が不安なのは……みんないっしょということかしら」

愛、果林。

「それにもしも自分が忘れられちゃうかもって考えたら、悲しいよね～」

「うん、わたしはみんなのことを忘れたくないし、忘れられたくもないって思うよ～」

「璃奈ちゃんボード『しょぼん』」

彼方、エマ、璃奈。

「無問題ラ！　ランジュがみんなの心に残り続けるように、せつ菜も残るわよ！」

「ええ、私もそう思います」

「まあ、ランジュは色んな意味で忘れられないよね」

ランジュ、栞子、ミア。

「あはは、ごめんね、びっくりさせちゃったかな」

そして侑。

同好会のメンバー全員が、この場にそろっていたのだった。

「みなさん、どうして……」

思ってもみなかった事態に目を瞬かせるせつ菜に、かすみが言った。

「もー、鈍いですね、せつ菜先輩。サプライズですよサプライズ。要するに日頃の感謝を込めて、お悩みモードのせつ菜先輩の緊張をほぐして、ついでにみんなでありがとうございますをしましょうってことです」

「サプライズ、ですか……？」

「そうです。同好会の部長はかすみんですけど……でも、せつ菜先輩にはすっごくすっごく感謝してるんですから。ライブとかパフォーマンスとかしてるせつ菜先輩はかすみんと同じくらいかわいいですし、いつだって全力でぎゅーんって同好会のことを引っ張っていってくれてますもん!」

「それにしお子からも聞きました。せつ菜先輩が生徒会長をやるのは今期でおしまいだって。だからそのお疲れさまも兼ねてです!」

「お疲れ様です、せつ菜さん」

「すごくがんばってたよね。お疲れさま、せつ菜ちゃん」

「愛さんたち、生徒会長のせっつーにもすっごくお世話になっちゃった。ありがと!」

「うん。はんぺんを助けてくれたのも、うれしかった」

「まあ少しはゆっくりするのもいいんじゃないかしら?」

「み、みなさん……」

メンバーたちから温かな感謝と労いの言葉を受けて、せつ菜が言葉に詰まる。

そんな中、せつ菜の手にあるスマホに視線をやって、侑が言った。

「ね、せつ菜ちゃん、スマホを見てみて」

「スマホですか? ですがこれは侑さんのでは……」

「いいから。ほら」

「……?」

首を傾けながらせつ菜がスマホの画面を開く。

そこにはすでにとあるアプリが起動されていた。

そしてそのアプリに映し出されていたのは……


「こ、これ、もしかして私の似顔絵、ですか……？」


せつ菜が驚きの声を上げる。

スマホのディスプレイに映っていたのは……地図アプリ上に移動の軌跡で作られた、せつ菜の似顔絵だった。

侑が笑顔でうなずく。

「うん、そうだよ。GPSアートっていうんだって。アプリのマップの上に移動した軌跡で絵を描いたりすることをいうみたいなんだけど……璃奈ちゃんに作ってもらったアプリで、より細かい絵が描けるようになったんだ」

「璃奈ちゃんボード『きらーん』」

璃奈がブイサインとともに笑顔のボードを掲げる。

「それで、今せつ菜ちゃんに部室からここまでスマホを持ってきてもらうことで最後の線が引けて完成したんだよ！　だからこれはせつ菜ちゃんもいっしょに、みんなで作り上げたものってこと」

「見てください、この線はかすみんが引いたんですよ！」

「ふふ、こっちは愛と いっしょに酉の市に行った時のものかしら」

「ごめんね。実はネコカフェに行った時に、しずくちゃんといっしょに秘密でこれをやってたんだ」

「ここの髪留めのところはランジュね！」

口々にそう言ってくるメンバーたち。

マーキングされた軌跡はとても広い範囲に渡っていた。

学園内はもちろんのこと、お台場のほとんど全域、それだけじゃなくてレインボーブリッジを越えた遥かその先のずっと遠くまで広がっている。

これだけのものを完成させるのがどれほど大変だったのか……それを見るだけで十分すぎるほど理解できた。

「こんなのって……」

熱いものがせつ菜の胸の奥からこみ上げてくる。

うれしいに決まっている。

いやうれしいなんて言葉では言い表せないくらいの大きな感情の波が、湧き上がってきて止まらない。

メンバーたちによる……十二人の大好きな仲間たちによる色の軌跡によって作られた〝優木

せつ菜〟の姿。

それはもう文字通り〝大好き〟がかたちとなった、軌跡によって彩られた奇跡と言ってもいいものであって……

「あれあれー、もしかしてせつ菜先輩、感動しちゃってます～？」

にやにやした表情でかすみがせつ菜の顔を覗きこむ。

「ふっふっふ、かすみんたちのサプライズ、大成功ですね。泣いちゃったりしてもいいんですよぉ？」

そんなかすみの言葉に。

「……はい……私なんかのためにこんなことまでしてもらうなんて……もう……もう……うれしくて……感激で……言葉では言い表せません……本当に……ありがとう……ございます……っ……」

ぽろぽろと涙を流しながら絞り出すように言葉を発するせつ菜。

それを見たかすみが慌てた顔で声を上げた。

「え、ほ、ほんとに泣いてるんですか⁉　ちょ、ガチじゃないですかぁ！　い、いいんですって！　これはかすみんたちが好きでやったことなんですから！　かすみんたちはみんなせつ菜先輩のことが大好きなんですよぉ！」

「ふふ、かすみさん、本音が漏れてるよ」

「かすみちゃんはせつ菜ちゃんのことが大好きだもんね～」

「やれやれ、子犬ちゃん、素直じゃないんだから」

「だ、だからかすみんはぁ……！」

せつ菜の反応と周りからの言葉におろおろしながら叫び声を上げるかすみ。

そこにあるのは、いつも通りのやさしい光景だった。

『虹ヶ咲学園スクールアイドル同好会』の、当たり前にある穏やかで温かな日常。

そんな光景をしばらくの間、微笑ましい目で見つめた後、侑はせつ菜に向かって言った。

「――あのね、本当にみんなせつ菜ちゃんには感謝してるんだ。せつ菜ちゃんがいなかったらきっと今の同好会はなかったと思うし、歩夢も私もスクールアイドルに興味を持つことはなかった。こんな風に色とりどりのみんなが集まることもなかったと思う。せつ菜ちゃんは、全ての始まりなんだよ」

「そんな、私は……」

「そのことはみんなありがとうって思ってるし……何よりみんなせつ菜ちゃんのことが〝大好き〟！　だから」

「最後にみんなから……そんなせつ菜ちゃんに歌を贈るね」

「歌……？」

「うん、聞いてほしい」

そううなずき返して、侑がピアノの前に腰を下ろす。

僅かな静寂。

目を閉じて大きく深呼吸をした後、鍵盤の上に置かれていた侑の指がゆっくりと動き出す。

奏でられた旋律は……

――『Love U my friends』

「これって……」

せつ菜が驚いたように声を上げる。

少し前に行われたしずくの家でのお泊まり会。

そこで璃奈作のARゲーム大会に優勝した侑が、優勝のお願いとしてみんなに作詞をしてもらったのが……この曲だった。

「さ、歌いましょう！　ほら、せつ菜先輩もいっしょに！」

「あ――は、はいっ！」

かすみに促されて慌ててせつ菜も歌の輪の中に加わる。

音楽室に響き渡るやさしく温かな歌声。

それぞれが鮮やかな色を持ちながら、重なり合い、混ざり合うことで、その輝きを増していく十三色のハーモニー。

あふれんばかりの色の洪水が、音楽室を、世界を、瞬くように覆いつくしていく。

(まるで世界が虹色に輝いているみたいです……!)

音に色があるとしたら、きっと今のせつ菜の周囲はこれ以上ないくらいカラフルに彩られていることだろう。

様々な色が思い思いに舞い踊り、だけど互いに引き立て合い高め合っている、美しい虹のような景色。

目を閉じればその光景がまぶたの裏に浮かび、それを想像するだけで胸が高鳴る。

それはまさに、色とりどりの〝大好き〟がキラキラと咲いている、夢に見たような光景そのものであって……

(そう、なんですね……)

わかったような気がする。

何も迷うことなんてなかった。

答えはもう最初からそこにあったのだ。

きっと紅姫も、こんな風に何よりも大切な仲間たちに囲まれて、温かな思いにやさしく包まれて、その宝物のような奇跡の出会いに感謝をしながら……満ち足りた気持ちで自分の世界へと帰っていったのだろう。

その選択に、迷いなんてなかったに違いない。

だってこんな素敵な仲間のためなら、何だってできる。

みんなのことが〝大好き〟だって、何よりも大切だって、心から叫ぶことができる。

それを……今、せつ菜は身をもってわかった。

（ありがとう……ございます……！　私はこの『虹ヶ咲学園スクールアイドル同好会』の一員で……みなさんの仲間でよかったと……心から思います……っ……！）

それはせつ菜の心からの叫び。

侑の奏でるピアノに合わせて重ねられる十三人の『Love U my friends』が響き渡る中、せつ菜は改めてそう確信したのだった。

そんなせつ菜の心の内を映し出しているかのように、スマホの中の彼女の似顔絵もまた晴れやかに輝いているのだった。

そして、いよいよ文化交流会の日を迎える——

5

——上映会開始一時間前。

会場となるお台場のホールのバックステージでは、同好会十三人全員が集まっていた。

「とうとうだね……本番！」

侑の声に、周りのメンバーたちが大きくうなずく。

「そうですねぇ。もう待ちきれません！」

「彼方ちゃん、ワクワクして昨日は夜しか眠れなかったぜ～」

「うわ、お客さん、すっごくたくさん来てくれてる！　酉の市より多いんじゃない？」

「璃奈ちゃんボード『ドキドキ』」

ステージの裾から客席を覗きながら、メンバーたちが声を上げる。

「大丈夫です。みなさんは今日のためにするべきことを全てやり切ったと思います。だから胸を張って臨みましょう」

「そ、そうですね、胸を張って……」

「そうよ、せつ菜。みんなとランジュで完成させた作品だもの。受け入れられないわけがないわ！」

「ボクが作曲を手伝ったんだから、何も心配なんていらないさ」

落ち着かない様子のせつ菜に栞子たちが声をかける。

「それじゃあ、私たちも客席に行こうか？」

侑の言葉にみんなが移動しようとする。

と、そこで小さく手を上げながら璃奈が言った。

「みんな、あれを忘れてる」

「？　あ、そっか！」

その言葉にかすみが何かに気づいたかのように手を叩いて。

「そうでしたね、あれを忘れちゃったら始まりません！」

そう元気よく声を上げながらみんなの顔を見渡した。

「あれ？」

ランジュが不思議そうに首を傾ける。

「はい！　これですよ、これ」

そう言って差し出されたかすみの手。

それに呼応するかのように、他のメンバーたちが手を重ね合わせる。

ランジュも「ああ、そういうことね！」と納得した顔になって、勢いよく手を差し出した。

気持ちを合わせるかのように重ね合わせられた十二人の手。

そこで侑を見て、歩夢が言った。

「はい、侑ちゃんも」

「え、私も？」

「そうだよ。私たちは、侑ちゃんを合わせて、十三人の同好会なんだから」

その言葉に侑は少しの間、目を瞬かせていたが。

「――うん！」

やがて大きくうなずいて、そこに十三人目の――侑の手が合わせられた。

「それでは、行きましょう！」

かすみの号令に合わせて、合わせられた手が掲げられる。

それはまるで、空に色の尾を引く架け橋のよう。

そして十三人の声が、重なり合い一つとなったのだった。


「「――私たちの、虹を咲かせに！」」

『――これより、『虹ヶ咲学園スクールアイドル同好会』のみなさんによるミニフィルム、『紅蓮の剣姫』の上映を行います』

　文化交流会の会場となるホールに、そんな司会進行の声が響き渡った。

　照明が落とされるとともに辺りが暗くなり、スクリーンの幕が上がる。

「始まるね、せつ菜ちゃん」

「は、はい……っ……！」

　隣の侑が声をかけると、せつ菜は少し上擦った声でそう答えた。

「えっと、せつ菜ちゃん、やっぱり緊張してる？」

　反対側の席に座った歩夢がうかがうようにそう言ってくる。

「そ、そうですね。多少は……」

「そんなに固くならなくても大丈夫よ。せつ菜は立派に紅姫と『紅蓮の剣姫』をやり切った。そうでしょう？」

「そうそう〜、みんなきっと喜んでくれるよ〜」

「リラックスリラックスだよー」

「は、はい！」

　果林と彼方、エマの言葉に大きくうなずくせつ菜。

　やがて開始のブザーとともに、スクリーンに『紅蓮の剣姫』の映像が流れ始める。

　紅姫が〝レーテ〟と対峙するオープニングから始まり、萌黄や桜たちとの邂逅。

そこから様々な出会いや別れを繰り返して、〝レーテの王〟へと迫っていく。

途中では〝レーテ〟と戦う紅姫の目を引くアクションシーンなどもあり、その度に客席から歓声が上がっていた。

物語は進み、桜や水音、萌黄たちと仲を深めていく紅姫。

〝レーテ〟との戦いは苛烈さを増していくけれども、その毎日は確かに幸せだったと思わせてくれる日常の風景だった。

そしてついに姿を現す〝レーテの王〟。

学園で火蓋が切られる最後の戦い。

そのCGや特殊効果を駆使した映像に、再度客席から驚きの声が上がる。

やがて訪れる決着の時。

死闘の末に……紅姫は『紅蓮の剣姫』としての真の姿を顕現して、〝王〟を討ち滅ぼすことに成功する。

仲間たちと喜びを分かち合う紅姫。

だけどそこにはとある異変が生じていた。

そしてシーンはクライマックスへと差しかかり——

「……私はみなさんから忘れられるということです」

全てを受け入れたかのような表情で、紅姫(アカヒメ)はそう言った。

「そんな……そんなことって……！」

「イヤですよ！　私、先輩のこと忘れたくありません……！」

「わ、私もです……！　紅姫(アカヒメ)さんのことを忘れてしまうなんて、考えられない……」

悲痛な声でそう叫ぶ桜(サクラ)たち。

そんな彼女たちのことを、紅姫(アカヒメ)はやさしい表情で見つめていた。

忘れたくないと、思い出が大切だと、自分のことを思い泣いてくれている……大切な仲間たちを。

どれくらいそうしていただろう。

やがて紅姫(アカヒメ)は静かに……口を開いた。

「大丈夫です」

「え……？」

「みなさんが忘れるのは……この世界から消えるのは、私だけです。異世界からの、並行世界からの来訪者の紅姫(アカヒメ)である私だけ……もう一人の、この世界の紅姫は消えません」

もう一人の紅姫(アカヒメ)。

それは枝分かれした可能性の世界の住人である紅姫(アカヒメ)が、この世界にやって来るにあたって依(よ)り代(しろ)とした存在であり……『紅蓮の剣姫』ではない、普通の女子高校生である可能性を生きている紅姫(アカヒメ)のことだった。

これまでを共に過ごした自分は消えるけれど、心と身体(からだ)を共有させてもらっていた彼女はこの世界に残る。

紅姫と同じ記憶と体験を持ちながら、まったく違う新しい可能性を持った紅姫は。

そして彼女と共に日常は続いていく。

その毎日はきっと穏やかで平和で笑顔にあふれていて、幸せなもののはずだ。

それでいいと、紅姫(アカヒメ)は思っていた。

たとえ何も残らなくても。

思い出すら消えてなくなってしまっても。

それでも彼女たちが笑って毎日を過ごしていければ、それだけで満足だと思っていた。

なのに……

「──私たちは忘れないよ！」

「え……？」

桜の声が、夜の学園に響き渡った。

「私たちが紅姫ちゃんと過ごした毎日は……そんなに簡単なものじゃない！　毎日が夢を見ているくらいに楽しくて、あったかくて、幸せで、同じ光を見上げて……奇跡みたいなひと時だった！　紅姫ちゃんといることができて、本当に良かったって思えた……！」

その声に、金盞花が、蒼衣と橙子が、水音が、萌黄が次々と続く。

「そうよ！　だってアタシは紅姫から〝約束〟を教えてもらったもの……！」

「二人の〝絆〟を改めて感じることができたのはあなたのおかげなんだから……！」

「色々な〝可能性〟を、限りない未来への扉を、紅姫さんといっしょにいたから知ることができたんです……！」

「みんな仲良くするのがいいんだって、ええと〝調和〟？　が大切だって、萌黄たちはすっごく学びました……！」

そして再び桜が。

「だから私たちは絶対に忘れない……今までいっしょに過ごした紅姫ちゃんのことも……そし

て明日から会う紅姫ちゃんのことも……どっちも……！　だって……」

「――二人とも私たちにとっては大事な紅姫ちゃんだから……！」

「そうです！　紅姫先輩のこと、絶対に忘れてなんてあげないんですから！」

その言葉に紅姫が声を震わせる。

「みな……さん……」

「元の世界に戻ってしまっても、たとえこの世界からいなくなってしまっても、紅姫さんは……私たちの心の中に、思い出として残ります……！」

「でもそれは紅姫ちゃんとの思い出だけを残したいってことじゃなくて、思い出といっしょに、明日からの紅姫ちゃんも全部受け入れたいっていうことなんだよ」

「そうだね～、紫陽ちゃんはどっちの紅姫ちゃんとも仲良くしたいな～」

「うん。私にとっては紅姫さんは紅姫さんだから。変わらない」

「……っ……」

その言葉で、こらえていたものが吹き出したかのように、紅姫の目から涙があふれ出した。止めようとするも、一度決壊したものはもう止まらない。

口元を手で押さえて、嗚咽を漏らす。

「なんで……どうしてそんなことを言うんですか……泣かないって決めたのに……みなさんとは笑顔でお別れをしようって、そう思っていたのに……」

そんな紅姫に、桜がそっと寄り添う。

「泣きたい時は泣いていいんだよ、紅姫ちゃん。だってきっとそれは、幸せの涙だから……」

「はい、ガマンすることなんてないと思います」

「というか泣きたいのは私たちの方ですよぉ……」

「みなさん……」

紅姫の肩を抱くようにみんなで取り囲み、泣き声を上げる。

どれくらいそうしていたのだろう。

やがて顔を上げた紅姫が小さく口にした。

「……お別れの、時間です」

その言葉に、だれもがその時が来たのだと確信した。

みんなの輪から離れて、学園の門へと歩いていく紅姫。

一歩進むごとに、桜たちの中から紅姫の記憶が消えていく。

笑顔の紅姫。

いっしょにお弁当を食べている紅姫。

からかわれてちょっとすねている紅姫（アカヒメ）。

日なたでうたた寝をしている紅姫（アカヒメ）。

屋上から遠くを見つめている紅姫（アカヒメ）。

真剣な顔で授業を聞いている紅姫（アカヒメ）。


ネコにじゃれつかれて困っている紅姫（アカヒメ）。

泣いている紅姫（アカヒメ）。

そして……みんなのことが〝大好き〟だと声を上げている紅姫（アカヒメ）。

その全てが……炎によって天に還（かえ）されるかのように少しずつ失われていき、真っ白な灰になっていく。

やがてそれらが終わる頃。

「……あれ？　私たち、こんなところで何をしてるんだろう……？」

辺りを見回して、桜（サクラ）が不思議そうな顔でつぶやいた。

「学園の中庭……桜（サクラ）さんといっしょに来たのでしょうか……？」

「こんな時間に桜（サクラ）先輩たちとお出かけ……花火大会でもやってたんですかね？」

「そういえばなんか焦げ臭いような気がするね～」

「でも花火なんてどこにもないよね？」

「どうしてだろう……」

怪訝そうな表情を浮かべながら全員が顔を見合わせる。

だけどだれにもそれが何であるのかわからない。

胸の奥にぽっかりと空いた穴のような喪失を感じながらも、戸惑うことしかできない。

ただそこには……まるで残り火のように、懐かしい何かの気配が僅かに漂っているだけだった。

6

『――以上、『虹ヶ咲学園スクールアイドル同好会』のみなさんによるミニフィルム『紅蓮の剣姫』でした』

エンドロールが終わり、アナウンスとともにステージの幕が下りる。

それを受けて、割れんばかりの拍手が会場から湧き上がった。

まるで会場全体を揺らすかのように、いつまでも鳴り止まずに大きく響き渡っている。

「せつ菜(な)ちゃん、最高ーーーーーーーーーーーーーーーーーーーーー!!!」

「ふ、副会長、ちょっと声が大きすぎますよ」

「気持ちはわかりますが、他のお客さんもいらっしゃるんですから」

「あ、す、すみません、つい……」

　そんな聞き覚えのある声もどこからか聞こえてくる。

　上映会は大成功だった。

　歓声を上げながらなおも拍手を続けている者、スタンディングオベーションしている者、周囲の友だちと感想を言い合っている者。

　中には最後のシーンとそれに続いたエピローグのシーンに感動して、泣いている者の姿も見られた。

「ううう……紅姫(アカヒメ)がかわいそうですぅ……切ないですぅ……」

「大丈夫だよ。よしよし、かすみさん」

「だいたいしず子があんな脚本にするからぁ……」

「う、うーん、原作があるからそこは仕方ないんだけどな……」

　かすみの言葉に苦笑いを浮かべるしずく。

「すごくよかった。やっぱりせつ菜(な)さんの演技、すごい」

「うんうん、せっつーはすごかった！　ヤバかった！　でもりなりーの演技もそうだし、ＣＧ

とかの特殊効果もおんなじくらいすごかったよ！」

「あ……」

「がんばったね、りなりー！」

「あ……ありがとう、愛さん。璃奈ちゃんボード『じ〜ん』」

感激の表情のボードを掲げる璃奈の頭を愛が笑顔で撫でる。

「ふぅ、無事に終わったわね」

「果林ちゃんの演技、すっごくよかったよー。蒼衣ちゃんが橙子ちゃんと再会してハグし合うところ、わたし泣きそうになっちゃった」

「そう？　ありがとう。まあいい経験だったわ。……でももう当分、映画撮影はいいかしら」

「そうなの？　？　果林ちゃん、何かすねてる？」

「別にそんなこと——」

「あ、そっか〜。作品の中でエマちゃんとのシーンが少なかったから、果林ちゃん、さみしがってるんだ〜」

「！　ち、違うわよ！　ただ、撮影の間は忙しかったから、エマとあまり話をしていなかったと思っただけで……」

「ふふ、そうなんだ。わたしも果林ちゃんといっしょできなくてさみしかったよ。またいっぱいおしゃべりしようね、果林ちゃん」

横を向いた果林にぽかぽかの笑顔でそう微笑みかけるエマ。

「すごくいい作品だったわね！　みんな素敵だったわ！」

「ええ、とても胸を打つ内容でした。せつ菜さんの演技も、しずくさんの脚本も、璃奈さんの映像編集も、侑さんの撮影も、みなさんの力が一つになった素晴らしいもので……」

「ランジュは？　ランジュはどうだった？」

「はい、もちろんランジュも素敵でしたよ。翠や白銀のことを思う金盞花の気持ちは、スクリーン越しでもしっかりと伝わってきました」

「そうよね！　ふふ、やっぱりランジュのパフォーマンスは最高だわ！」

「ほんと、ランジュはわかりやすいよね……」

そう言って肩をすくめるミアに。

「ミアさんもお見事でした。少し陰のある白銀を見事に演じきっていたと思います。私はとても好きです」

「あ、え……そ、そうかな？　ま、まあ、あれくらい、大したことないけど」

「ふふ、ミアも十分わかりやすいと思うけど？」

「う、うるさいな！　ボクは栞子に感想を聞いてるんだから……」

いつものようにやり合うランジュとミアを、栞子が微笑ましい目で見つめていた。

「すごかった！　本当にすごかったよ、せつ菜ちゃん！　もうそこに本物の紅姫がいるみたいで、見てる間中ときめきっぱなしで鳥肌が立っちゃった！」

「うん。撮影してる時もそうだったけど、改めてこうして完成した作品を見ると、やっぱりせつ菜ちゃんはすごいんだなあって思ったよ」

「あ――ありがとうございます……っ……！」

侑と歩夢にそうほめられて、せつ菜が恐縮した声を上げる。

「ですがこれもみなさんがいてくださったおかげです！　侑さんには撮影や編集など何から何までお世話になりっぱなしですし、歩夢さんの桜はとてもかわいらしくて、紅姫への確かな想いを感じることができました……！」

「ありがとう。でもやっぱりせつ菜ちゃんが演じる紅姫の存在感があったからこそ、あそこまでときめくお話ができたんだって、私は思うよ」

「うん、私もそう思う。本当にお疲れさま、せつ菜ちゃん」

「あ……」

その言葉に、せつ菜が目を瞬かせる。

直後に、大きく見開かれたその瞳から光るものがこぼれた。

「あ～、せつ菜先輩、また泣いてるんですか？　も～、いつの間にそんな泣き虫になったんですかぁ」

かすみのその声に。

「うう、す、すみません……うれしすぎて、つい……」

頬をつたう涙を指でぬぐって。

「ですがこれは……幸せの涙です！」

そう声を上げながら、せつ菜は思う。

変わっていくものと、変わらないもの。

それはいつだって自分たちの周りにあって、留まることなく巡り巡っている。

だけど変化は、決して悪いものじゃない。

時には変わることは……怖く思えるかもしれない。

それまでの楽しい過去とイマから先に進んで、新しい未来を受け入れなければならない時が来たということなのだから。

けれど未来は、過去とイマによって作られるものだ。

恐れずに前に進んでいけば、たくさんの〝約束〟と〝絆〟で象られた〝可能性〟は、〝調和〟によって新しい〝可能性〟へと——未来へとつながっていく。

〝大好き〟は続いていく。

〝ときめき〟は消えない。

確かに変わることで、なくなってしまうものもあるかもしれない。

だけどたとえ目の前から消えてしまっても、そこにあっただれかの気持ちは、確かにみんなの心に、思い出の中に残って、この先も共に歩いていく宝物となるのだ。

それはまるでキラキラとつながる奇跡のように。

空にかかる色鮮やかな虹のように。

とびきりの明日へと、未来へと続く確かな架け橋となるものなのだから。

「ほらほらせつ菜先輩。これから主演の舞台挨拶があるんですから」

「そんな泣き顔のままじゃ格好つかないわよ？」

「ハンカチ使う～？」

「す、すみません！　ありがとうございます……」

彼方から受け取ったハンカチで改めて涙をぬぐうせつ菜。

『――それでは本作品で主演を務められた虹ヶ咲学園二年生の中川菜々さん。壇上へお願いいたします』

「ほら、呼ばれてますよ、せつ菜先輩」

「は――はいっ！」

「がんばって、せつ菜ちゃん！」

「私たちもここからせつ菜ちゃんのこと、応援しているからね」

「緊張してたら手のひらに『人』って書いて飲みこむといいんだって～」

「心細くなったらかすみんたちのことを見ていいですからね～？」

仲間たちのエールを背に受けて、せつ菜は壇上へと向かう。

ステージへと歩を進めるその間、この一ヶ月の撮影の記憶が次々とよみがえってきた。

色々なことがあったけれど、思い返してみると楽しい思い出しかない。

大切な仲間たちと紡いだ、輝く夢のような日々。

それらを心の内でかみしめながら、一歩一歩ゆっくりと進んでいく。

そう、まるで最後の時に学園の正門へと向かい歩いていた紅姫のように。

「……」

やがて壇上に立つ。

そこでせつ菜は大きく深呼吸をすると……眼鏡を外して、それまでは〝中川菜々〟としてまとめていた髪を……解いた。

三つ編みから艶やかな黒髪が流れて、空気を揺らす。

現れるのは、スクールアイドルである――〝優木せつ菜〟としての姿。

少しだけ迷ったけれど……やはりこの場では、〝中川菜々〟ではなく〝優木せつ菜〟として挨拶をするのがふさわしいと思ったのだ。

菜々の中の〝大好き〟があふれ出て、一つのかたちとなって、そして今ではまた菜々のもとへと戻ってきたもう一人の自分。

目の前にはたくさんの観客たちの姿。

だけど少しも緊張することなんてない。

だって自分には同好会のみんながいる。

〝大好き〟をいっしょに叫んでくれる仲間たちがいる。

視界に映る侑や歩夢、かすみたちみんなの姿を確認して、せつ菜はあふれ出す笑顔とともに大きくうなずいた。

胸の奥から湧き上がってくるのは走り抜けた熱い想い。

赤くて、紅い、尽きることのない情熱。

そして真っ直ぐに前を見つめると。

せつ菜は……思いきりこう叫んだのだった。

「私は……〝優木せつ菜〟は、みなさんのことが、本当に本当に……〝大好き〟です……っ

……‼」

エピローグ
『虹の降る場所』

「――ではでは『紅蓮の剣姫』ミニフィルム上映の成功をお祝いしまして……かんぱーい！」

「「「かんぱーい！」」」

部長であるかすみの音頭で、部室内にメンバー全員の声が響き渡った。

続いてそれぞれが手に持ったマグカップが打ち鳴らされて、あちこちで楽しげなお喋りが始まる。

『紅蓮の剣姫』ミニフィルムの上映会も、その後のせつ菜の挨拶も無事に終わり……和やかな空気の中で、メンバーたちによる打ち上げが行われているのだった。

「食べ物も飲み物も甘いものもたっくさんありますから、みなさん遠慮しないで食べてくださいね～！」

かすみの言葉通り、テーブルの上にはたくさんの料理や飲み物、お菓子などがところ狭しと並べられていた。

どれも色とりどりで食欲をそそる匂いを漂わせていて、とてもおいしそうだ。

彼方や歩夢、愛、かすみ、エマがメインとなって作ったものだった。

「この卵焼き、おいしい。あ、わかった！　この味は……歩夢が作ったんでしょ？」

「わ、当たり。わかってくれたの？」

「それはそうだよ。歩夢の卵焼きを私がわからないはずないって」

「ふふ、うれしいな、侑ちゃんにそう言ってもらえて」

本当にうれしそうに微笑む歩夢。

その隣ではエマが。

「このハンバーグ、とってもボーノ！　いくらでも食べられちゃうよー」

「それはね〜、彼方ちゃんがタネから作ったんだよ。隠し味にお味噌が入っているのがポイントなのだ〜」

「わー、そうなんだー。もっともらってもいい？」

「もちろんだよ、たくさん食べて〜」

幸せそうな顔で彼方が作ったハンバーグを頬ばっている。

さらには。

「愛さんのもんじゃ焼きも食べて食べて！」

「かすみんのかわいいコッペパンもありますよ〜！　みなさんに大人気の『ときめきレインボーコッペパン』ですぅ」

「エマさんのカヌレもすごくおいしい。璃奈ちゃんボード『にっこりん』」

他のみんなも料理やお菓子を楽しみながら、思い思いにそれぞれ談笑している。

撮影と上映会が全て終わった開放感からか、部室内はいつも以上に和やかで温かな同好会らしい雰囲気に包まれていた。

「んー、でもスクリーン越しの歩夢もとってもかわいかったよ！」

「え、そ、そうかな……？」

「うん！　もう完全に桜ちゃんになりきってた！　かわいくてやさしくて紅姫ちゃん思いで……見てるだけでときめきの炎がすっごく燃え上がっちゃった！」

「も、もう、侑ちゃんてば……。でも……」

「？」

「私がちゃんとできてたなら、それってきっと侑ちゃんのおかげなんだよ。新しいことに挑戦しても、たとえそれで失敗しちゃっても、侑ちゃんが待っていてくれる、受け止めてくれるって、そう安心させてくれたから。押してくれた背中の温もりが、いつでも私のことをしっかりと立たせてくれてるんだよ」

「歩夢……」

「だから……これからもずっとよろしくね、侑ちゃん」

「うん……こちらこそ！」

そう言って手をぎゅっと握り合う。

お互いに心を預け合いながら、それでいて自分たちの足でしっかりと立つことができている、確かな信頼関係がそこにはあった。

そんな侑と歩夢を見て、かすみが口をとがらせる。

「も～、侑先輩、またところかまわずときめいちゃって。かわいいのはかすみんだって同じなのにぃ」

「うんうん、そうだね。かすみさんはかわいいよ」

「しず子……適当に言ってない？」

「言ってないよ。本当にそう思ってるって。かすみさんも、スクリーンの中の萌黄さんも、すごく素敵だったよ。なでなで」

「むむむ……」

しずくに頭を撫でられて、かすみがまんざらでもなさそうな表情になる。

「それにかすみさん、撮影の時も、ミニライブの時も、私が前にプレゼントした髪飾りをずっと着けてくれてたよね？」

「え？　だってあれかわいいし、お気に入りだし……」

「ふふ、そうなんだ。ありがとう」

にっこりと笑うしずくに、かすみが指をいじりながら「し、しず子の水音も、萌黄と同じくらいかわいかったし……もにょもにょ……」と小さくつぶやいていた。

「ほら、りなりー。口元に生クリームがついてる」

「え、どこ？」

「そこだよ。ちょっと動かないで。はい、取れたっと」

「ありがとう、愛さん」

「どういたしまして。それより上映会、すごかったねー！　ＰＶもだけど、真白になったりなりーもすっごくかわいかったぞー！」

「そう……かな。璃奈ちゃんボード『テレテレ』」

照れた表情のボードを掲げる璃奈。

だけどその後にこう続ける。

「でも、愛さんの演技もすごかった。橙子さんが本当にそこにいるみたいで鳥肌が立った。それで……」

「ん？」

「……あのね……」

そこで璃奈は一度言葉を止める。

そのまま、きゅっと愛の制服の裾を指でつまむと。

「……愛さんは、消えちゃったりしないよね？」

「りなりー……」

「……」

無言でじっと見上げてくる璃奈を、愛はぎゅっと抱きしめる。

「当たり前じゃん！　愛さんはいなくならない！　りなりーを置いて消えたりなんてしないよ！」

「愛さん……うん」

安心したように愛の目を見て小さくうなずく。

そんな璃奈を、愛はもう一度優しい面持ちでハグしたのだった。

「……璃奈、どうしたんだろう。何かあったのかな？」

愛と璃奈のやり取りを見て、ミアが心配げにそうつぶやく。

「いえ、大丈夫だと思います。『紅蓮の剣姫』の感想をお話ししているみたいですよ」

「でも……」

「ミアは心配性ね！　ほら、ハグがうらやましいならランジュがしてあげるわ。うれしいでしょ？」

「うわっ……!?　別にランジュにハグしてほしいわけじゃ……」

「遠慮しないでいいのよ！　ほらほら！」

ミアに勢いよく抱きつくランジュを見て、栞子が苦笑する。

「ランジュ、それじゃあミアさんが苦しそうですよ」

「そ、そうだよ！　まったく、ランジュは加減ってものを知らないんだから……」

苦しげなミアに抗議の目で見られて、ランジュがわずかに声のトーンを落とす。

「だって……お友だちのことは力いっぱいハグしたいじゃない」

「え、そうかしら？」

「ランジュ……」

「まったく、ランジュは本当に子どもだよね……」

そう呆れたように口にするものの、その表情にやさしげなものが浮かんでいるのを栞子は見逃さなかった。

結局、少しだけ加減をしたランジュがミアと栞子を二人同時にハグすることで落ち着いたのだった。

そしてそのすぐ横では、エマと果林と彼方の三人が料理を囲みながら話をしていた。

「ねえねえ果林ちゃん。このミートボールとってもボーノだよ。果林ちゃんもどう？」

「ありがとう、エマ。もらうわね」

エマから差し出されたミートボール。

それを口に運びながら、果林はぽかぽかの笑みを浮かべる親友を見つめる。

「？　どうしたの、果林ちゃん。わたしの顔になにかついてる？」

「そういうことじゃないわ。ただ今回も、少し前も、エマの言葉にはすごく色々なことを気づかされたと思って。ありがとう」

「？　わたし、なにもしてないよー？」

「いいのよ、エマはわからなくても。私が勝手に思い出していただけだから」

今回のことだけじゃなくて、その包みこむような笑顔やさりげない思いやりには本当に助けられている。

本当に、果林にとっては温かな日だまりのような存在だ。

と、そこで彼方が言った。

「あ、そっか～。じゃあちょっと前にエマちゃんがくしゃみをたくさんしてたのって、果林ちゃんがエマちゃんのことを考えたからなんだね～」

「え、それは……」

「んー、そうなのかな？」

「そうだよ～。あんなにたくさん〝くちゅん〟ってかわいくしてたじゃん。ふふ～、果林ちゃんはほんとにエマちゃんのことが大好きなんだね～」

「なっ、そ、それは……」

「うんうん～、彼方ちゃんは全部お見通しなのだ～」

にこにこと微笑む彼方の前に、果林は何も言うことができない。

ただ、一つだけ付け加えておきたいことがあった。

「……エマのことを親友だって言ったけれど、彼方のことだって、親友と思っているわよ」

「？　何か言った～？」

「な、何でもないわ。気にしないでちょうだい」

「果林ちゃん、顔が赤いよ？」

エマが不思議そうに顔を傾ける。

そんな二人に彼方が後ろから飛びつくようにぎゅ～っと抱きついて。

「ふふふ～、彼方ちゃんは二人のことが大好きなのだ～♪」

そう満足そうに笑ったのだった。

あちこちで上がる楽しげな笑い声。

話題は尽きることなく、まるで永遠に続く一瞬であるかのような空気が部室内を満たしている。

「……」

それらを微笑みながら横目に見つつ、せつ菜はそっと部室を出たのだった。

だれもいない屋上で、せつ菜は小さく息を吐いた。

澄んだ空気の中で淡い色をした満月が輝いていて、蒼い光を地上に向けて放っている。

流れてくる冷たい風が少し火照った身体には心地よい。

手すりに両手をかけて、せつ菜は静かに空を見上げる。

「……」

もう『紅蓮の剣姫』を――紅姫を演じることはない。

達成感と、開放感と、そしてどこかさみしい気持ちがないまぜになったかのように胸の中で渦巻いている。

その興奮と安心が入り混じったような複雑な感情は、どこかライブが終わった後のそれとも似ていた。

「何だか不思議な感じですね……」

小さくつぶやく。

と、その時だった。

「あ、ここにいたんだ、せつ菜ちゃん！」

後ろから声をかけられて、せつ菜は振り向いた。

そこにいたのは、手を振りながらこちらへと向かって駆け寄ってくる侑の姿。

「侑さん」

「探しちゃった。急に姿が見えなくなったから、どこに行ったのかなと思って」

「すみません、少し外の空気に当たりたくなってしまって」

「あはは、みんなすごい盛り上がってたもんね」

部室では今でも現在進行形で打ち上げが続いている。

食べて飲んでお喋りをしてのこれ以上ないくらいに賑やかな空気で、まだまだ終わる気配はない。

「隣、いいかな?」

「はい、もちろんです」

うなずき返して、侑はせつ菜の隣に並ぶ。

夜のお台場を背景にして浮かび上がる隣り合った二人のシルエット。

少しの間、お互いに言葉を発しないままただ夜空を見上げていた。

白い吐息を交互に吐き出しながら、どこかゆっくりと時間が流れているような空気に身を任せる。

どれくらいそうしていただろう。

やがて、侑がぽつりと口を開いた。

「……終わっちゃったね」

「……はい」

「……何だかちょっとさみしいかも。お祭りの後みたい」

「……そうですね。その気持ちはわかります。ですが同好会のファーストライブはこれからですし、ここから先もますます忙しくなると思います。全力でがんばらないといけません」

「あはは、それは確かに……」

こんな時まで真面目なせつ菜の言葉に侑が苦笑する。

同好会初めての単独ライブということで、これからきっとやらなければいけないことは山ほど出てくるだろう。

それは裏方である侑もそうだし、ステージに上がるせつ菜たちはなおさらだと思う。

先々のスケジュールを思い浮かべて少しだけ苦笑いを浮かべる侑に、せつ菜がふとこう口にした。

「侑さん……私、決めたんです」

「？」

「こうして無事に『紅蓮の剣姫』の上映会も終わりましたし、生徒会長としての任期も間もなく終わります。ですので残りの学生生活は……スクールアイドルに捧げようと」

「そうなんだ。うん、すごくいいと思う！」

それは侑にとってもうれしい報告だった。

スクールアイドルとしての、真っ赤に燃え上がる炎のような〝優木せつ菜〟の姿。

それを見たのが全ての始まりであり、侑にとってのときめきの原点だったから。

「ありがとうございます」

侑のその言葉に、せつ菜は笑う。

そして眼前に広がる夜のお台場の景色に目をやりながら、こう続けた。

「紅姫の物語に、その選択と決断に改めて触れて……色々と考えました。紅姫は確かに桜さんたちの目の前からはいなくなってしまったかもしれません。ですが……その思い出は、宝物のようにみなさんの胸の奥で灯火となって輝き続けています」

「思い出……」

「はい。目には見えないかもしれないけれど、確かにそこにあるものとして」

そう言って、せつ菜は静かに空を見上げる。

「『深い想いや感情のもとで交わした〝約束〟は、決して忘れられることなく静かな灯となって、それだけが熾火のように残る……』」

「あ、それって……」

「はい、紅姫の台詞です。強く結ばれた〝約束〟や〝絆〟は決して消えることなく、それらはつながり重なり合うことで〝調和〟を生み出し、新しい〝可能性〟となって、未来への架け橋となっていく……それと同じように、〝優木せつ菜〟は、スクールアイドルとしての私の毎日はこれからも続いていきます。いえ……続かせてみせます」

空に輝く星を見ながら、せつ菜は思う。

いつかはスクールアイドルでなくなる日は来るのかもしれない。

限られた時間の終わりというものは、避けようがないものなのかもしれない。

だけどその時までに積み上げられ重ねられた思い出は、共有された熱い想いは、きっと消えることのない灯火となってだれかの心に残るはずだ。

だから。


「これまでも、これからも……〝優木せつ菜〟は、ここにいます！　みなさんといっしょに……〝大好き〟を追いかけていきます！」


両手を大きく広げながら、満面の笑みとともにせつ菜はそう言った。

「せつ菜ちゃん……うん、そうだね！」

大きくうなずき返す侑。

その顔から迷いが消えているのが……侑には何よりうれしいことだった。

「そのことを気づかせてくれたのは同好会のみなさんと……そして」

そこでせつ菜は侑の方へと向き直った。

そして真っ直ぐにその目を見ると。

「――侑さん」

「ん？」

「――大好き、大好きです！」

どこまでも無邪気で、どこまでも真っ直ぐな、澄み渡る青空のような笑みとともにそう口にした。

「え……ええええええええええええええええええええええええええええっ!?」

思わず大声を上げる侑に。

「侑さんはいつだって一番近くで応援してくれました！　迷っている時には弱音を聞いてくれて、悩んでいる時には寄り添ってくれて……侑さんがいてくれたから、紅姫は、『紅蓮の剣姫』の撮影は成功したと言っても過言ではないと思います！　それだけじゃない、私がこうやってスクールアイドルを続けることができているのは、侑さんのおかげです！　だからそんな侑さんは、私の〝大好き〟の源なんです！」

「あ、そ、そういう……」

「？」

無邪気な表情のまま首を傾けるせつ菜に侑が小さく息を吐く。

というかこのやり取りに何だか少しだけデジャヴを感じたのは侑の気のせいだろうか。

だけどせつ菜の〝大好き〟の一部になれたのは、素直にうれしい。

そして……こんな風に晴れやかな表情を向けてくれたことも。

せつ菜と仲間として同じ時間を過ごすことができて、『紅蓮の剣姫』のミニフィルムを作ることができて本当によかったと……侑は思った。

「そういえば侑さん、『紅蓮の剣姫』のこれからのストーリーがどうなるのか、気になりませんか？」

と、せつ菜が言った。

「え？　紅姫が元の世界に帰っちゃって終わりなんじゃないの？」

侑のその言葉に、せつ菜が「ふふふ、そう思いますよね？」と不敵に笑う。

「実はそうではないんです。あれはちょうど原作Ⅱ巻までの内容で、Ⅲ巻からは新展開が待っているんですよ！」

「え、そうなの？」

「はい！　新しく現れたこちらの世界線の〝レーテ〟、もう一人の紅姫と桜さんたち、そして『紅蓮の剣姫』……おっと、ここから先は秘密です！」

「えー、気になるよ、せつ菜ちゃん」

「ふふ、でしたらぜひ原作小説を読んでみてください！　全巻お貸ししますので！」

そう言ってにっこりと笑うせつ菜。

その〝大好き〟を熱く語る子どものようにあどけない表情は、侑の大好きな〝せつ菜ちゃん〟のものであって……

「あー、いないと思ったら二人だけで何してるんですかぁ！」

と、そこでよく通るソプラノの声が飛びこんできた。

振り返ると、そこには両手を腰に当ててこっちを見るかすみたちの姿があった。

「なんか二人ともいないなって思って探してみたらこんなところで抜け駆けですか。せっかくの打ち上げなんですからみんなで楽しみましょうよぉ」

「あ、ごめんごめん、ついせつ菜ちゃんと話しこんじゃって」

「すみません、侑さんに付き合ってもらってしまいました……」

じーっと見上げてくるかすみに二人で頭を下げる。

「べ、別にそんな謝らなくていいですけどぉ……」

「まあまあ、かすみさんはお二人がいなくてさみしかっただけなんですから」

「し、しず子！」

「ふふ、かすみさんはお二人のことが大好きなのですね」

「うん。丸わかり」

「し、しお子とりな子まで～」

「ま、二人とも見つかったんだしよかったじゃん。かすみんも一安心っしょ」

「そうと決まったなら早く戻らない？　ここは寒くて風邪引いちゃいそうだ」

「そうね。身体を冷やすのはよくないわ」

「彼方ちゃん、さっき追加でカレーを作ったんだよ～。みんなで食べよ～？」

「きゃあっ！　ランジュ、彼方のお料理、大好きよ！」

「あったかいアップルティーもあるよー」

向けられるみんなのやさしい笑顔と、温かな声。

そして。


「――行こう、侑ちゃん、せつ菜ちゃん」


歩夢が穏やかな微笑みで、そう手を差し出す。

その呼びかけにうなずき返して、せつ菜と侑は並んで歩き出す。


――きっとこんな毎日はこれからも続いていくのだろう。

部室へと向かってみんなで歩を進めながら、せつ菜は思う。

侑、歩夢、愛、ランジュ。

かすみ、しずく、璃奈、栞子。

果林、彼方、エマ、ミア。

そんな十二人のかけがえのない虹のような仲間たちと過ごす、数え切れないほどの〝大好き〟に彩られた素敵な毎日が。

それは予感ではなく……確信だった。

(私の中の〝大好き〟は……これからもずっとずっと続いていきます! 紅姫の残した灯火が燃え続けるように……!)

そう心の中で大きく叫ぶ。

その決意を応援してくれるかのように、空からは月に照らし出された柔らかな虹の光がやさしく降り注いでいるのだった。

「んんっ……」

たくさんの生徒たちが行き交う校門を通り抜けながら、桜（サクラ）は大きく伸びをした。

今日もまた、一日が始まる。

眠い目をこすりながら登校して、クラスメイトたちに挨拶をして、英文法や数列に苦戦しつつ授業を受けて、昼休みは親友である水音（ミズネ）といっしょにお弁当を食べながら束の間（つかま）ののんびりとしたひとときを過ごす。

午後は少しばかりの眠気と戦いながらまた授業を受けたら、放課後は水音（ミズネ）や萌黄（モエギ）たちといっしょに寄り道をして、時には金盞花（キンセンカ）や橙子（トウコ）たちをまじえて、お気に入りのスイーツを頬ばりながら他愛もないお喋（しゃべ）りに花を咲かせる。

穏やかで、湖面のように静かで、平和な日常。

だけど桜（サクラ）には、何かが足りないと感じていた。

（どうしてだろう……）

胸の奥にぽっかりと大きな穴が空いてしまったかのような、言葉にはできない喪失感。

まるでそこにあるはずの大事な何かが欠けてしまっているような……そんな感覚が桜（サクラ）を苛（さいな）んでいた。

水音（ミズネ）たちも同じことを感じているみたいだった。

「桜（サクラ）さん、今日は授業が終わったらどうしますか？」

と、昇降口でたまたま会った水音（ミズネ）がそう訊（き）いてきた。

「うん、萌黄（モエギ）ちゃんたちといっしょに海浜公園に行こうって約束してるんだ。蒼衣（アオイ）先輩と橙子（トウコ）先輩が自主練をしてるはずだから、終わったらみんなでお茶でもどうかなって」

「いいですね。そういえば金盞花（キンセンカ）さんたちも合流したいと言っていました」

「わ、それじゃあみんなで行こう」

「はい」

うれしそうにうなずく水音（ミズネ）。

そんな水音（ミズネ）に、桜（サクラ）が続けようとする。

「あ、だったら——も誘って……」

言いかけて、そこで言葉が止まる。

今、自分はだれの名前を呼ぼうとしたのだろう。

ここにいるのは同じクラスの水音（ミズネ）だけで、そしていつもいっしょにいる友だちといえば、他には萌黄（モエギ）や蒼衣（アオイ）、金盞花（キンセンカ）たちだけだったはずだ。

　だけど確かに今、桜は水音たちじゃないだれかの名前を口にしようとしていて……

「桜さん……？」

　水音が怪訝そうな表情で見上げてくる。

「あ、う、ううん、何でもないの。行こうか？」

「大丈夫ですか？　具合が悪いとか……」

「あ、そういうんじゃないの。ただ、ちょっと何かが引っかかって……」

「それって、例の……」

「……うん」

　それだけで水音には伝わったみたいだった。

　それ以上その話を続けることはせずに、二人並んで教室へと歩き出す。

　朝の校舎は、たくさんの生徒たちで賑わっていた。

　楽しくお喋りをしている者たち、足早にどこかに向かっている者たち、途中で紫陽たちの姿を見つけて笑顔で挨拶を交わしもする。

　そんないつもの光景の中を、階段を上り、教室へと向かう。

　そして教室がある階の廊下に差しかかったその時だった。

「……？」

　ふとすれ違った一人の生徒。

小柄な少女だった。

艶やかな黒い髪と少しだけ灰色がかった瞳。その奥に宿る意思の強そうな光が目を引く。

知らない相手のはずだった。

ただすれ違って、おしまいのはずだった。


「紅姫ちゃん、い……？」


どうしてその名前が出てきたのかはわからない。

同じクラスでもなければ部活の仲間でもない、話したことすらない相手のはずなのに。

だけど自然とその名前が口をついて出た。

それが……当たり前であるかのように。

少女が振り返る。

その瞬間、桜の胸に大きな衝撃が奔った。

まるで炎が灯るように。

何かの予感を打ち鳴らすかのように。

「あ……」

涙があふれて止まらなかった。

懐かしさと、うれしさと、愛おしさと。
それらが混ざり合って、熱い滴となってあふれ出していた。
気づけば、隣にいる水音も同じように驚いたような表情で口元に手を当てていた。
どれくらいそうしていただろう。
やがて少女がゆっくりと口を開く。
懐かしい笑顔。
その先に紡がれる言葉。
それを……桜は万感の思いで受け入れたのだった。

「——また、会えましたね」

あとがき

こんにちは、またははじめまして。五十嵐雄策です。

この度は『小説版ラブライブ！　虹ヶ咲学園スクールアイドル同好会　紅蓮の剣姫～フレイムソード・プリンセス～』を手に取っていただき、本当にありがとうございます。

今回、ニジガクのノベライズを書かせていただけるという幸運に恵まれました。

ニジガクは自分にとってたくさんの大好きをくれた存在です。

実際にこの『紅蓮の剣姫』が初出となった時には、一ファンとしてワクワクしながら見ていました。そんなタイトルを、まさか自分の手で作品にさせていただけることになるなんて……

当時は夢にも思わなかったです。

せつ菜と同好会のメンバーたち十二人が、『紅蓮の剣姫』のミニフィルム撮影を通して〝大好き〟と〝ときめき〟を追いかける姿を、少しでも楽しんでいただけたのならこれ以上の幸せはありません。

なお本文中では断片をお見せするというかたちで書いた『紅蓮の剣姫』ですが、実は世界観やメンバーの設定、詳細ストーリーなどもほぼ考えております。おそらくまとめれば文庫一冊分くらいになるかもしれません。いつか書きたいなあ……

ここからはお世話になった方々に感謝の言葉を。

今回ご担当いただいた編集の西村様、黒川様。様々な面でサポートしていただき、本当にありがとうございました。

カバー、口絵イラスト担当の火照ちげ様。もう素敵すぎて何も言えませんでした……。元々は火照ちげ様のイラストから始まったこの物語を書くことができて、本当に幸せでした。

本文イラスト担当の相模様。本文を細かく拾っていただいたイラスト、ありがとうございます。柔らかなタッチが大好きです。

またこの本が世に出るにあたって様々な方面からご助力いただいたたくさんの方々、本当に本当に心からありがとうございました。

そして何よりもこの本を手に取ってくださった全ての方々に最大限の感謝を。

二〇二三年六月　五十嵐雄策

それではまたお会いできることを願って——

ありがとうございました〜〜!!!
全員集合!!

だいすき
虹ちゃんに出会えてよかった
相模

◉五十嵐雄策著作リスト

「乃木坂春香の秘密①〜⑯」（電撃文庫）
「乃木坂明日夏の秘密①〜⑥」（同）
「はにかみトライアングル①〜⑦」（同）
「小春原日和の育成日記①〜⑤」（同）
「花屋敷澄花の聖地巡礼①②」（同）
「城ヶ崎奈央と電撃文庫作家になるための10のメソッド」（同）
「続・城ヶ崎奈央と電撃文庫作家になるための10のメソッド」（同）
「城姫クエスト　僕が城主になったわけ」（同）
「城姫クエスト②　僕と銀杏の心の旅」（同）

「SE-Xふぁいる　ようこそ、斎条東高校「超常現象☆探求部」へ！」（同）
「SE-Xふぁいる　シーズン2　斎条東高校「超常現象☆探求部」の秘密」（同）
「幸せ二世帯同居計画　～妖精さんのお話～」（同）
「終わる世界の片隅で、また君に恋をする」（同）
「ちっちゃくてかわいい先輩が大好きなので一日三回照れさせたい1～4」（同）
「琴崎さんがみてる　～俺の隣で百合カップルを観察する限界お嬢様～」（同）
「天使な幼なじみたちと過ごす10000日の花嫁デイズ」（同）
「青春2周目の俺がやり直す、ぼっちな彼女との陽キャな夏」（同）
「小説版ラブライブ！虹ヶ咲学園スクールアイドル同好会
紅蓮の剣姫～フレイムソード・プリンセス～」（同）
「ぼくたちのなつやすみ　過去と未来と、約束の秘密基地」（メディアワークス文庫）
「七日間の幽霊、八日目の彼女」（同）
「ひとり旅の神様」（同）
「ひとり旅の神様2」（同）
「いつかきみに七月の雪を見せてあげる」（同）
「下町俳句お弁当処 芭蕉庵のおもてなし」（同）
「恋する死神と、僕が忘れた夏」（同）
「八丈島と、猫と、大人のなつやすみ」（同）

本書に対するご意見、ご感想をお寄せください。

ファンレターあて先
〒 102-8177　東京都千代田区富士見 2-13-3
電撃文庫編集部
「五十嵐雄策先生」係
「火照ちげ先生」係
「相模先生」係

本書は書き下ろしです。

電撃文庫

小説版ラブライブ！虹ヶ咲学園スクールアイドル同好会
紅蓮の剣姫～フレイムソード・プリンセス～

五十嵐雄策

2023年8月10日　初版発行

発行者　山下直久
発行　株式会社KADOKAWA
〒102-8177　東京都千代田区富士見2-13-3
0570-002-301（ナビダイヤル）
装丁者　荻窪裕司（META＋MANIERA）
印刷　株式会社暁印刷
製本　株式会社暁印刷

●お問い合わせ
https://www.kadokawa.co.jp/（「お問い合わせ」へお進みください）
※内容によっては、お答えできない場合があります。
※サポートは日本国内のみとさせていただきます。
※ Japanese text only
※定価はカバーに表示してあります。

ISBN978-4-04-914971-5　C0193　Printed in Japan

電撃文庫　https://dengekibunko.jp/

たくさんの"大好き"が詰まった
ニジガク公式BOOK好評発売中！

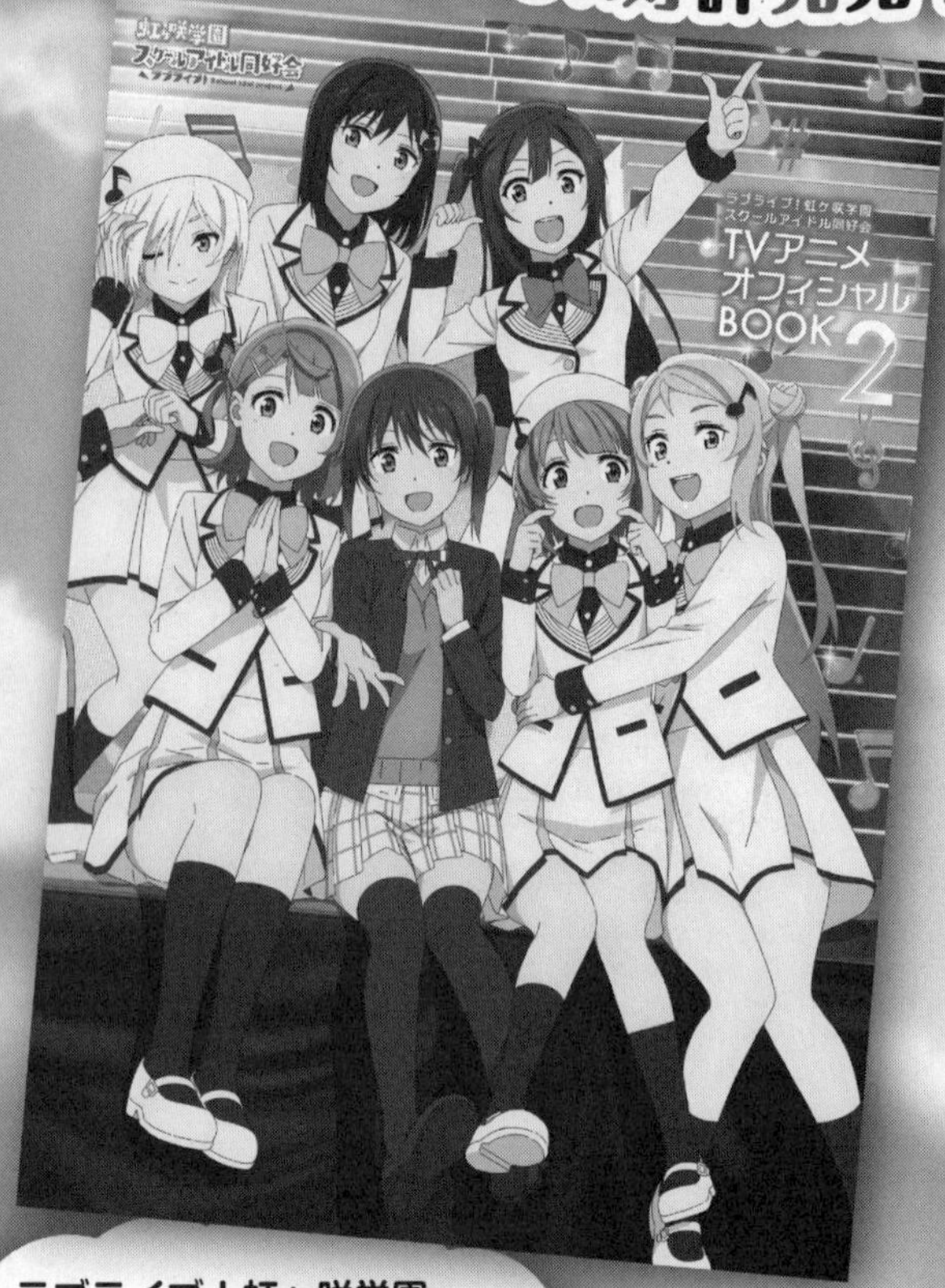

ラブライブ！虹ヶ咲学園
スクールアイドル同好会
TVアニメオフィシャルBOOK2
定価（本体3000円＋税）

ときめきファンブック

七つの魔剣が支配する
宇野朴人
illustration ミユキルリア
運命の魔剣を巡る、
学園ファンタジー開幕!
春——。名門キンバリー魔法学校に、今年も新入生がやってくる。黒いローブを身に纏い、腰に白杖と杖剣を一振りずつ。胸には誇りと使命を秘めて。魔法使いの卵たちを迎えるのは、満開の桜と魔法生物のパレード。喧噪の中、周囲の新入生たちと交誼を結ぶオリバーは、一人に少女に目を留める。腰に日本刀を提げたサムライ少女、ナナオ。二人の、魔剣を巡る物語が、今始まる——。

電撃文庫

豚になった俺が、異世界で美少女といちゃラブ(!?)するファンタジー

逆井卓馬
Author: TAKUMA SAKAI

[イラスト]遠坂あさぎ
Illustrator: ASAGI TOHSAKA

豚のレバーは加熱しろ

Heat the pig liver

the story of a man turned into a pig.

純真な美少女にお世話される生活。う〜ん豚でいるのも悪くないな。だがどうやら彼女は常に命を狙われる危険な宿命を負っているらしい。

よろしい、魔法もスキルもないけれど、俺がジェスを救ってやる。運命を共にする俺たちのブヒブヒな大冒険が始まる！

男女の友情は成立する？
いや、しないっ!!
七菜なな
イラスト／Parum
友情を誓った親友同士が
まさかの〈両片想い〉に!?
アタシと親友だけの青春やってようぜ！

二月 公
イラスト／さばみぞれ
声優ラジオのウラオモテ
#01 夕陽とやすみは隠しきれない？
オモテは元気＆清楚なアイドル声優／
ウラはギャル＆根暗地味子な女子高生!?
プロ根性で世界をダマせ！
バレたらアウトの声優ラジオ
Now On Air!!
第26回
電撃小説大賞
大賞
受賞
電撃文庫